KB121450

로크미디어가
유혹하는
재미있는 세상
ROK
MEDIA
로크미디어

천외천의
주인

천외천의 주인 23

2022년 5월 9일 초판 1쇄 인쇄
2022년 5월 12일 초판 1쇄 발행

지은이 한수오
발행인 김정수 강준규

기획 이기헌 왕소현 박경무 강민구
책임편집 오영란
마케팅지원 이원선

발행처 (주)로크미디어
출판등록 2003년 3월 24일
주소 서울시 마포구 성암로 330 DMC첨단산업센터 318호
Tel (02)3273-5135 **편집** 070-7863-8596 **Fax** (02)3273-5134
홈페이지 rokmedia.com **E-mail** rokmedia@empas.com

값 8,000원

ISBN 979-11-354-7443-9 (23권)
ISBN 979-11-354-8621-0 04810 (세트)

한수오 신무협 장편소설

23

천외천의 주인

| 마경칠서魔經七書 |

차례

천의무봉天衣無縫 (1)

"어떤가?"

어둠에 잠긴 막다른 골목의 끝자락이었다.

밖에서는 거기 있는 사람이 보이지 않아도, 거기 있는 사람은 밖을 볼 수 있는 기문진의 결계 속이기도 했다.

막연한 질문이었지만, 제갈현도는 잿빛 면사로 하관을 가린 청의노인, 자신과 마교총단의 이공자, 극락서생 악초군을 이어주는 마교총단의 백팔마(百八魔) 중 하나인 등천비마(登天飛魔) 신궐(神闕)이 지금 무엇을 묻는 것인지 바로 알 수 있을 정도로 영민한 사람이라 추호도 망설이지 않고 대답했다.

"신 노사의 말씀대로 삼공자 아소부가 독왕전(毒王殿)의 비기인 마라독령기(魔羅毒靈氣)를 대성해서 이미 독종독인(毒宗毒人)의 경지에 올라 있다면 틀림없이 동귀어진(同歸於盡)입니다."

그리고 조심스럽게 물었다.

"한데, 아소부가 정말 대공을 성취했을까요?"

등천비마가 미묘한 웃음을 흘리며 고개를 저었다.

"마라독령기는 대종사의 십대절기와 버금가는 마공을 추려 놓은 마경칠서에 등재된 환우 최강의 독공 중 하나이네. 그만큼 습득이 어렵지. 삼공자가 독왕전의 후예이며, 타고난 무재라고는 해도, 어느새 독종독인를 넘볼 수는 없을 게야."

"그렇다면……?"

"아니, 그래도 동귀어진이 분명할 걸세. 자네가 한 가지 잘못 알고 있는 것이 있는데, 독왕전의 비기인 마라독령기는 독종독인이 아니라 독령성체(毒靈聖體)를, 즉 독의 초극지체인 독종독인의 단계를 넘어서 오직 전설로만 존재하던 독의 제왕인 독중지성(毒中之聖)의 경지를 추구하는 무공이야."

"……!"

"……그런데 삼공자가 여기서 폐관한 지가 벌써 삼 년이나 지났단 말이지. 삼공자의 총명함을 감안할 때, 그 정도면 충분해. 독종독인까지는 아니어도 그 아래 단계인 독인(毒人)의 경지까지는 충분히 도달했을 테니까. 흐흐흐……!"

"아……!"

제갈현도는 이제야 고개를 끄덕이며 수긍하는 태도를 보였다.

독인이 비록 신화경(神化境)을 이룬 독인인 독종독인이나 독령성체라는 전설의 독중지성에는 미치지 못한다고 하지만, 그건 어디까지나 이론상의 얘기일 뿐, 독인의 경지가 낮다는 것이 아니었다.

엄밀히 따지면 독인의 경지만 해도 무림 역사상 단 한 사람도 성취한 적이 없는 전대미문의 경지, 그야말로 전설이었다.

천하의 어떤 독에도 당하지 않고, 원한다면 만지는 것만으로도 혹은 그저 숨결을 불어 내는 것만으로도 상대를 중독시킬 수 있는 자, 독이 몸에 흐르는 피를 대신하고, 그 독을 완벽하게 통제하며 그 독기를 진기로 사용하는 괴물이 바로 독인인 것이다.

과연 그와 같은 괴물을 천하의 어떤 고수가 제대로 상대할 수 있을까?

하지만 제갈현도는 그럼에도 불구하고 고개를 젓는 겉과 달리 속으로는 등천비마의 확신을 부정했다.

지금 등천비마는 상대를, 정확히는 구파 연합을, 그들의 존장들을 너무나도 무시하고 있었다.

구대문파가 왜 구대문파인가.

유구한 역사 동안 모든 외세를 물리치고 굳건히 제자리를 지켰기 때문에 구대문파인 것이다.

요컨대 독인의 경지를 무시할 생각은 없지만, 구대문파는 대대로 그런 전설들의 도전조차 능히 이겨 내 왔기에 구대문파라는 뜻이다.

그리고 그런 구대문파를 이끄는 장문인들은 비록 자파의 최고수는 아닐지 몰라도 하나같이 그럴 만한 능력을 갖춘 대표였다.

제갈현도는 아무리 생각해 봐도 삼공자 독수마룡 아소부가 이끄는 마도 세력과 구파 연합의 고수들이 동귀어진하는 그림이 그려지지 않았다.

일방적이지는 않으나, 엄연히 분명하게 구파 연합의 우세였다.

그러나 제갈현도는 굳이 그럴 내색하지 않았다.

내색할 이유가 없었다.

그는 무림맹의 편도 아니지만 마교의 편도 아니기 때문이다.

누가 뭐래도 그는 자기 자신에게 도움이 되는 일 이외에는 관심이 없었다.

지금은 그저 마교의 세가 강한 것 같으니, 마교에 붙어 있을 뿐인 것이다.

그래서 그는 사전에 준비해 둔 말을 꺼냈다.

"상황이 아무리 그렇다고는 해도 제가 빠져나갈 구멍은 만들어 놔야겠습니다. 만에 하나 저들 중에 하나라도 생존해서 무림맹으로 돌아온다면 제 입지가 완전히 끝장날 테니까요."

등천비마가 미간을 찌푸렸다.

"살아남아서 밖으로 나서는 자들은 그게 누구든지 간에 우리 공자님이 각별히 총애하는 혈귀(血鬼)들이 맞이할 걸라는 사실일 잘 알고 있잖아? 저들의 싸움이야 그렇다 치고, 지금 자네 혈귀들이 미덥지 못하다는 거야?"

제갈현도는 애써 비굴한 미소를 지으며 대답했다.

"신 노사, 이건 누굴 믿고 안 믿고의 문제가 아닙니다. 그저 일말의 가능성이라도 조심하자는 거지요. 돌다리도 두드리고 건너라고 했는데, 조심해서 나쁠 건 없지 않겠습니까."

등천비마가 삐딱해진 눈빛으로 제갈현도를 바라보았다.

제갈현도는 내심 아차 했다.

애써 비굴한 미소까지 지었음에도 제대로 통하지 않은 것 같았다.

등천비마의 두 눈에는 그의 두려움을 보고 비웃는 것이 아니라 그의 치밀함을 경계하는 빛이 담겨 있었다.

좋지 않았다.

비록 사소하게라도 일단 경계하기 시작하면 모든 것을 그런 시선으로 바라보게 될 것이고, 언제고 생사의 위협으로 다가올 가능성이 매우 컸다.

그는 애써 속내를 감추고 보란 듯이 오만상을 찡그리며 투덜거렸다.

"그렇듯 한심하게 보셔도 어쩔 수 없습니다. 전에 말했다시피 저의 관심사는 저와 제 가문의 안전이니까요."

자기와 자기 집안만 아는 독선이 강하고, 그에 준해서 매사에 겁이 많은 겁쟁이가 바로 그가 등천비마에게 보여 주고 싶은 자신의 모습이었다.

다행스럽게도 그와 같은 그의 가식이 불편해진 등천비마의 심기를 어느 정도 달래 준 모양이었다.

"자넨 다 좋은데 겁이 너무 많아."

등천미바가 한결 부드러워진 눈빛으로 제갈현도를 바라보며 끌끌 혀를 차고는 재우쳐 말했다.

"하긴, 제아무리 가능성이 희박한 일이라도 대비해서 나쁠 건 없지. 무림맹이 완전히 와해되기 전까지는 자네가 건재해 하니까 말이야. 그래, 뭐 생각해 둔 수단은 있고?"

제갈현도는 자신의 연극이 통했음을 속으로 기뻐하며 겉으로는 어색하게 웃는 낯으로 재빨리 대답했다.

"그야 당연히 있죠. 제가 누구라고 그걸 빠트리겠습니까."

"뭔데 그게?"

"무림맹의 내부에 침습해 있는 제자들의 명단만 제게 넘겨 주시면 됩니다. 마교총단이 아니라 다른 쪽에서 심은 애들을 알고 있다면 그들로 대여섯 명 정도요."

"그 애들을 가지고 어쩌려고?"

"어쩌긴요. 넘기는 거죠."

"무림맹에……?"

"예. 약간의 자해를 하고 돌아가서 중간에 다른 진법의 결계

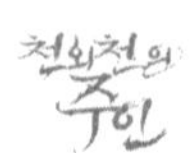

에 빠지는 바람에 대열을 이탈했다고 할 겁니다. 하지만 그것만으로는 의심을 살 수 있습니다. 만에 하나 생존자가 돌아왔을 경우에는 더욱 그렇죠. 그때 넘길 겁니다. 상황을 봐서 순차적으로 하나씩, 셋이나 넷 정도요."

등천비마가 이제야 이해한 듯 실소하며 말했다.

"아군을 팔아서 자기 의심을 벗으려고 하다니, 하여간, 잔머리는 알아줘야겠군."

제갈현도는 등천비마의 목소리에 깔보고 얕잡아 보는 식의 감정은 있을지 몰라도, 의심이나 거부감은 없다는 것을 예리하게 간파하며 말했다.

"그게 타고난 저의 재주지요."

그리고 거침없이 손을 내밀었다.

"주십시오, 어서. 괜히 늦장부리다가 여기서 빠져나가는 사람들과 함께 휩쓸려서 혈귀인지 뭔지 하는 애들에게 당하긴 싫습니다."

등천비마가 픽, 웃고는 품에서 작은 책자 세 개를 꺼냈다.

각기 표지에 흑색과 백색, 그리고 붉은 색의 글씨로 염탐을 뜻하는 정(偵)자가 적힌 책자였는데, 그는 그중 백색의 책자를 내밀며 말했다.

"가장 낮은 등급의 애들이긴 해도 애들을 무림맹에 심기위해 벌인 노력을 생각하면 심히 아까운 애들이니, 가능하면 한두 명으로 줄여 봐."

"여부가 있겠습니까. 걱정 붙들어 매셔도 됩니다. 그럼 저는 이만……!"

제갈현도는 등천비마가 내미는 책자를 빼앗듯이 낚아채서 품에 갈무리하며 서둘러 작별을 고하고 돌아섰다.

동굴을 빠져나가는 길은 이미 알고 있었다.

전난 등천비마가 전해 준 동굴의 도해에는 동굴의 내부에 설치된 기문진식의 기관진식의 생문(生門)과 사문(死門), 개문(開門), 휴문(休門)등이 정확히 표시되어 있었고, 그는 그것을 완벽하게 숙지한 것이다.

"……!"

제갈현도가 그렇게 등천비마와 대화를 나누던 막다른 동굴을 벗어나서 사라진 다음이었다.

얼추 일각이나 지났을까?

아소부 무리와 구파 연합의 싸움을 살필 수 있는 공간으로 가려고 느긋하게 막다른 동굴을 벗어나던 등천비마를 향해서 빠르게 다가오는 인기척이 있었다.

등천비마는 다가오는 인기척의 주인이 누군지 대번에 느끼고는 슬며시 미간을 찌푸렸다.

지금 이 시점에 자신을 찾아올 이유가 없는 수하였다. 그런 수하가 저리 허겁지겁 가져오는 소식이라면 결코 좋은 일이 아닐 것이다.

아니나 다를까, 이내 도착한 사내.

바로 그가 밖의 일을 처리하는 혈귀들에게 붙여 둔 수하인 철검사유(鐵劍邪儒) 조구(釣鉤)가 가져온 소식은 그의 예상을 벗어나지 않았다.

"일전에 도주했던 무림맹의 졸자 하나를 쫓아서 남쪽 기슭으로 넘어간 혈귀가 호각을 불었습니다!"

"뭐, 뭐라고? 혈귀가 호각을……?"

등천비마는 반사적으로 물었을 뿐, 대답을 들으려고 하지 않았다. 그는 벌써 돌아서서 동굴을 벗어나기 위해 전력을 다하고 있었다.

그럴 수밖에 없었다.

전날 전부 다 죽여 없앴다고 생각한 무림맹의 일행 중에 생존자가 있었다는 사실도, 그리고 그 생존자가 왜 무림맹으로 돌아가지 않고 주변을 맴돌고 있었는지도 궁금하기 짝이 없지만, 적어도 급한 문제가 아니었다.

문제는 혈귀가 호각을 불었다는 사실이었다.

이번 일에 투입된 혈귀들은 이공자인 극락서생 악초군이 아끼는 전위대인 혈인대(血刃隊) 소속으로, 하나같이 강호의 특급고수에 해당하는 살인귀들이었는데, 그들이 호각을 부는 경우는 딱 한 가지밖에 없었다.

바로 자신이 감당할 수 없는 적을 만났을 때였다.

그리고 지금 상황에서 그들, 혈귀들이 감당할 수 없는 적이 나타났다는 것은 누군가 이공자에게 반하는 세력이, 바로 삼공자의 등극을 바라는 마교 내부의 세력이 지원군을 보냈다는 뜻이었다.

그런 생각으로 서둘러 동굴 밖으로 나선 등천비마의 귀로 밤하늘을 가르는 날카로운 호각 소리가 들려왔다.

철검사유 조구의 보고처럼 이번에도 북쪽 방향에서 터진 호각 소리였다.

'몇 명째지……?'

등천비마는 한층 더 다급해졌다.

동굴의 내부에서는 결계로 인해 호각 소리를 들을 수 없는 까닭에 지금 들려오는 호각 소리가 대체 몇 번째인지 몰라서 더욱 그랬다.

'우선 적부터……!'

등천비마는 앞뒤 안 가리고 북쪽 방향을 향해 신형을 날렸다.

싸움을 위해서가 아니었다.

싸움에 앞서 적의 정체부터 파악해했다.

지금 나타난 적이 삼공자를 지원하는 마교 내부의 세력이라면 앞으로 진행될 계획에 막대한 차질을 빚을 수 있었다.

지금 이 시점에 그들이 나타났다는 것은 삼공자를 제거하려는 이공자의 계획이 사전 밖으로 노출되었다는 단순한 이유를 떠나서 이제 이공자의 등극을 반대하는 무리가 노골적으로 이빨을 드러냈다는 뜻이었기 때문이다.

기필코 적의 정체를 밝혀야 했다!

"아니, 저기……!"

점창파의 일대 제자인 급풍쾌검 여진소는 대체 이게 어떻게 돌아가는 일인지 사태 파악을 못해서 조개처럼 입을 다물고 있다가 호각 소리를 듣고 나타난 아홉 명의 혈귀를 눈 깜짝할 사이에 해치워 버린 흑포사내가 무심하게 그대로 자리를 뜨려고 하자 다급히 말문을 열었다.

실로 그럴 수밖에 없었던 것이, 무림맹의 동료들을 잃은 그날 간신히 그 자리를 탈출해서 목숨을 구한 그는 줄곧 마황동의 입구를 떠나지 못한 채 살피고 있었다.

혹시라도 안으로 들어간 장문인들 일행이 나올 수도 있다는 생각에, 그리고 여차하면 자신이 직접 마황동으로 들어가 볼 심산이었던 것이다.

그러나 혈귀들의 철저한 경계 속에서 그는 좀처럼 기회를 찾을 수 없었고, 오히려 인기척을 들켜서 쫓기다가 목숨이 경각에 달리게 되었다.

아니, 그냥 죽었거니 했다.

혈귀들과 싸우다가 한순간 격돌의 여파를 이기지 못하고 혼절해 버린 까닭이었다.

그런데 그는 죽지 않았다.

시끄러운 호각 소리에 깨어나 보니 그가 상대하던 세 명의 혈귀들이 피 떡으로 변해서 주변에 널브러져 있고, 낯선 흑포사내가 그의 부러진 다리를 치료해서 부목을 대고 있었다.

그리고 그때 또다시 혈귀들이 나타났다.

그것도 무려 다섯 명씩이나 되는 혈귀들이었다.

여진소는 자신을 치료하던 흑포사내를 밀치며 어서 당장 피하라고 소리치려 했다.

세 명의 혈귀들에게 쩔쩔매다가 죽음을 목전에 두었던 그의 입장에선 당연한 선택이었다.

하지만 그는 흑포사내를 밀치며 소리치려고 크게 벌린 입을 채 그대로 얼음처럼 굳어져 버렸다.

그가 밀치려 했을 때, 면전에 쪼그리고 앉아서 그의 부러진 다리에 부목을 대던 흑포사내가 귀신처럼 사라졌고, 다음 순간, 장내에 나타났던 아홉 명의 혈귀들이 거의 동시에 피를 토하며 가랑잎처럼 나가떨어졌기 때문이다.

그리고 지금 이 순간, 다시금 귀신처럼 홀연히 그의 시선 저편에 나타난 흑포사내가 아무런 말도 없이 자리를 뜨려고 하는 것이다.

그야말로 귀신에 홀린 표정으로 굳어져 있던 여진소는 다급하지 않을 수 없었다.

"……본인은 점창파의 일대제자인 급풍쾌검 여진소라고 합니다! 은인께서는 부디 한 자 존함이라도 남겨주시어 부족한 이 몸이 훗날이나마 구명지은(救命之恩)에 보답할 길을 열어 주시기 바랍니다!"

장내를 떠나려던 흑포사내가 활짝 웃는 얼굴로 여진소를 돌아보았다.

"아, 당신이 점창파의 급풍쾌검 여진소로군."

여진소는 어리둥절했다.

이건 마치 전부터 자신을 알고 있었다는 듯한 말이었다.

그는 그것을 물어보려다가 다시금 얼어붙어서 두 눈만 멀뚱거렸다.

생각보다 심각한 상처의 여파로 눈이 어떻게 된 것은 아닌지 몰랐다.

아침 햇살을 등지고 있어서 사내가 이래도 되나 싶을 정도로 잘생긴 얼굴이 잠시 시선에 들어왔다가 이내 그저 광휘에 휩싸인 검은 그림자로 보이는 흑포사내가 마치 촛불이 꺼지는 것처럼 그 자리에서 홀연히 사라졌던 것이다.

다행히 어디선가 들려온 흑사내의 또렷한 목소리가 그의 귓속을 파고들고 있었다.

"보은 따위는 관심 없으니까, 더는 여기서 어물거리지 말고 어서 남쪽으로 삼십여 리가량에 있는 '갈르'라는 골짜기로 가봐. 그리고 거기 있는 사람들과 함께 철수해! 마황동은 단순한 함정에 불과하니, 괜히 내게 짐 되지 말고 무림맹으로 돌아가라고! 마황동은 내가 알아서 처리할 테니까. 아, 그걸로 은혜를 갚는다고 생각하면 되겠네! 괜한 호기 부리지 말고 그냥 돌아가는 것으로!”

여진소는 의외로 싸늘한 흑포사내의 말에 자신도 모르게 움찔했으나, 그따위 감정에 연연해서 머뭇거릴 여유는 없었다.

흑포사내의 말은 무림맹의 생존자가 있다는 뜻이기 때문이다.

그는 그야말로 귀신에 홀린 기분을 애써 다잡으며 일어나서 전력을 다해 달리기 시작했다.

부목을 댔다고 부러진 다리의 통증이 사라지는 것은 아닌지라 달리는 내내 그는 무지막지한 고통에 시달렸지만, 보람이 있었다.

흑포사내의 말마따나 남쪽으로 삼십리 장가량 떨어진 곳에 있는 ‘갈르’라는 이름의 골짜기에서 만난 생존자는 두 명이었는데, 그중의 한 사람이 바로 점창파의 장문인 점창신검 우송이었기 때문이다.

“살아계셨군요, 장문인!”

“하늘이 도왔다. 그보다 네가 어찌 알고 여길 왔단 말이냐?”

“그분이 알려 주셨습니다. 저도 사선에서 그분의 구함을 받았습니다.”

“그분? 그럼 너는 우리를 구해 준 귀인을 만났다는 소리구나?”

여진소는 우송의 말을 듣고 나서야 우송은 자신보다도 더 그 사람, 흑포사내에 대해서 모른다는 사실을 깨달았다.

"장문인께서도 모르시는 분이란 말인가요?"

"모르지 않고. 나는 혈귀들의 추적을 뿌리치지 못하고 결국 따라잡혀서 싸우다가 죽었다. 정말 죽었다고 생각했다. 그러다가 깨어났는데, 바로 여기였다. 옆에는 저분, 황보(皇甫) 대협이 혼절해 있었고 말이다."

마황동의 밖에서 야영을 준비하다가 혈귀들의 기습으로 말미암아 막대한 피해를 입은 그들, 무림맹의 고수들이 혼란의 와중에 내린 결단이 바로 그것이었다.

혈귀들의 강함에 압도된 그들은 절대 이길 수 없다는 판단을 내리고 부끄럽지만 어쩔 수 없이 사방으로 흩어져서 각자도생(各自圖生)하는 것으로, 즉 각자 알아서 살아남는 방법을 모색하라는 명령을 내렸던 것이다.

"어떤 사람이더냐?"

"저도 경황 중에 잠시 얼굴만 봤을 뿐입니다. 그저 젊은 사내였다는 것밖에는 아는 것이 없습니다."

머쓱하게 대답한 여진소는 슬쩍 우송이 말하는 황보 대협을 바라보았다.

"나도 같소이다."

지근거리의 나무둥치에 등을 기대고 앉아 있는 반백의 노인, 강호팔대 무림세가에 속하는 산동의 무가, 황보세가의 가

주인 청풍월도(淸風月刀) 황보강(皇甫强)이 그야말로 벌레를 씹은 표정으로 입맛을 다시며 재우쳐 말했다.

"끝내 혈귀들을 뿌리치지 못하고 싸우다가 크게 당해서 쓰러졌는데, 깨어나 보니 여기였소. 그리고 괜히 나 때문에 장문인까지 여길 떠나지 못하고 고생을……!"

"무슨 그런 말씀을 다하시오."

우성이 황보강의 말을 잘랐다.

"어차피 본인도 상처가 깊어서 거동이 쉽지 않았소. 게다가 덕분에 이렇게 제자를 만나지 않았소."

황보강의 상처가 심해서 먼저 깨어난 우송이 치료를 해 주며 보살피느라 용무가 있어도 자리를 뜨지 못하고 있었던 것이다.

"그보다 이제 되었소."

우성의 시선이 여진소에게 돌려졌다.

"너도 그렇고, 황보 가주도 그렇고 상처가 매우 심하니 어서 같이 철수하도록 해라. 나는 이 길로 마황동으로 돌아가서 좀 살펴봐야겠다."

여진소는 정색하며 고개를 저었다.

"아닙니다, 장문인. 외람된 말씀이지만, 그냥 같이 철수하는 게 좋을 것 같습니다. 그분이, 그러니까 장문인과 저를 구해 주신 그분이 그리 말했습니다. 마황동은 함정이라고, 자기가 알아서 할 테니 관심 끄고 어서 철수하라고요. 그것으로 구해 준 은혜를 갚은 것으로 하겠다는 말까지 했습니다."

"음!"

우송이 무거운 침음을 흘렸다.

어차피 그 역시 혈귀들의 습격을 받은 순간부터 마황동이 어쩌면 사실과 다른 함정일 수도 있다고 의심했는데, 여진소의 말을 듣자 그 의심이 확신으로 바뀌며 참담한 기분에 사로잡힌 것이다.

여진소는 그런 우송의 태도를 수긍이 아닌 망설임으로 이해하며 조심스럽게 말을 더했다.

"장문인, 제가 세 명의 혈귀에게 형편없이 밀리다가 정신을 잃고 쓰러졌습니다. 그런데 제가 두 눈으로 똑똑히 봤습니다. 그분은 실로 눈 깜짝할 사이에 다섯이나 되는 혈귀를 처리했습니다."

차마 짐이 될 거라는 흑포사내의 말은 전할 수 없는 여진소였으나, 이 정도로도 우송은 충분히 납득했다.

"알겠네. 그 사람이 누군지는 모르겠지만, 우리의 목숨을 구해 준 은인이기에 앞서, 마교의 적이 분명한 듯하니, 따르기로 하세."

여진소는 문제의 흑포사내가 은인이라는 것보다 마교의 적이라는 것에 더 큰 비중을 두는 우송의 판단이 자신의 생각과 조금 달라서 못내 기분이 묘했으나, 그것을 문제 삼을 이유는 없었다.

"가시지요, 제가 부축하겠습니다."

여진소는 황보강을 부축했다.

황보강은 전신에 입은 크고 작은 검상으로 인해 피투성이였고, 팔과 다리도 부러진 듯 부목이 대져 있는데다가 내상도 상당한 듯 호흡도 거칠어서 부축 없이는 혼자서 일어날 수 없는 몸이었다.

멀쩡한 우송이 아니라 다리가 부러져서 부목을 댄 여진소가 나서서 황보강을 부축하는 것이 불합리하게 느껴질 수도 있지만, 그게 강호 무림이었다.

사승 내력에 따라 상명하복이 명확한 강호 무림의 방파에서 장문인의 존재는 그야말로 범접할 수 없을 정도로 지고지순한 권위를 가지는 것이다.

그러나 당사자인 여진소조차 당연하게 생각하는 그것 때문에 점창파 장문인 우송은 난데없이 어처구니없는 구박을 당하게 되었다.

'갈르'라는 골짜기를 벗어나서 남쪽으로 향하는 관도를 타기 직전에 벌어진 일이었다.

"뭐에요, 저거? 사지 멀쩡한 재는 터덜터덜 빈손으로 걷고, 왜 다리 부러진 재가 환자를 부축하는 거죠?"

"네가 몰라서 그러는데, 원래 문파의 존장은 함부로 수족을 놀리는 법이 아니다."

"존장이고 지랄이고 약하고 아픈 사람은 먼저 보호해야죠.

일파의 대가리면 더 그래야 하는 거 아닌가요?"

"네가 그렇게 생각한다고 해서 남도 그래야한다는 법은 없는 거다. 다들 자기들만의 법이 있고, 그 법을 준수하며 사는 곳이 바로 강호 무림이다. 쓸데없이 오지랖 그만 떨고 물러나!"

하늘에서 떨어진 듯, 땅에서 솟은 듯 갑자기 앞에 나타난 두 사람, 남자와 여자의 대화였다.

대놓고 점창파 장문인 우성의 행동을 타박하는 사람은 보석 같은 벽안(碧眼)을 가진 요사스러울 정도로 빼어난 미색의 홍의 소녀였다.

그리고 말리는 사람은 오 척이나 될까 말까 하는 작은 신장과 허리를 구분할 수 없는 일자 몸매에 아랫배도 툭 불거져 나온 투박한 몸이라 평생 일만 하고 살던 산골 무지렁이처럼 보이지만, 허리에 매달린 두 자루 도끼와 거북이처럼 등딱지처럼 등에 짊어진 거대한 대월이 극도의 삼엄함을 안겨 주는 마의사내였다.

점창파의 장문인 우송은 말할 것도 없고, 황보강을 부축하고 뒤따르던 여진소도 그들, 두 사람의 대화를 똑똑히 들었다.

그들은 하나같이 동물보다 더한 청각을 소유한 고수들이며, 나타난 남녀의 대화는 굳이 목소리를 낮춘 속삭임이 아니었기 때문이다.

그럼에도 불구하고 우송 등은 화를 내기는커녕 일체의 미동도 보이지 않았다.

그저 그대로 서서 나타난 두 남녀를 예의 주시하고만 있었다.

두 남녀가 범상치 않은 고수라는 것을, 정확히는 지금의 자신들이 감당할 수 없는 고수들이라는 것을 대번에 느끼기도 했지만, 그에 앞서 그들의 정체를 첫눈에 알아보았기 때문이다.

저런 특이한 용모를 가진 남녀는 작금의 강호 무림에 두 사람밖에 없었다.

소리 없이 유명해서 아는 사람만 아는, 그들도 만나 본 적은 없지만 귀가 따가울 정도로 들은 제야의 절대 고수들, 생사집혼 공야무륵과 요안 마녀 요미가 바로 그들이었다.

'명성은 익히 들었지만, 이 정도일 줄이야!'

우송 등의 뇌리를 스치는 공통된 생각이었다.

그들은 요미와 공야무륵이 면전에 나타나기 전까지 일체의 기척도 느끼지 못했기 때문이다.

그때 그들이 한층 더 경각심을 드높이는 그 순간, 요미가 그런 그들을 향해 신경질적으로 말했다.

"뭐 이리 침묵이야? 에이, 몰라! 다 필요 없고, 딱 보니까 무림맹 사람들 같은데, 하나만 물을게. 당신들 구하려고 이곳으로 온 사람이 있어. 한쪽 눈가에 흉터가 있긴 하지만, 일단 한 번 보면 절대 잊을 수 없을 정도로 아주 잘생긴 사내라 기억하기 쉬울 거야. 혹시 누구 만난 사람 있어?"

일순, 장내의 모든 시선이 마치 황보강을 부축하고 있는 급풍쾌검 여진소에게 돌려졌다.

요미의 말이 끝나기 무섭게 여진소가 말 잘 듣는 학동처럼 번쩍 한 손을 들며 외쳤기 때문이다.

"저요!"

손을 들고 나선 것은 여진소지만, 그와 동시에 우송과 황보강의 뇌리에도 한 사람의 이름이 선명하게 떠올랐다.

생사집혼 공야무륵이나 요안 마녀 요미와 떼려야 뗄 수 없는 한 사람, 설무백이 바로 그였다.

'사신!'

설무백은 그때 하늘을 뒤덮는 울창한 수림에 파묻혀서 끈적거리는 습기와 음산한 사기를 잔뜩 머금은 자욱한 안개를 마주하고 있었다.

어느새 인근의 부락민들이 '신성한 요새'라는 의미인 '옹뉴드 야그'라고 부르며 경외의 대상으로 삼는다는 계곡으로 가는 길목에 도착한 것인데, 문득 그는 주변에 있는 적당한 바위에 엉덩이를 걸치고 앉았다.

쉬려는 것이 아니라 잠시 기다려 주는 것이었다.

지금 그의 주변에는 대략 십여 명의 혈귀들이 포진해 있었고, 속속들이 하나둘씩 모여들고 있었다.

점창파의 급풍쾌검 여진소를 구해 준 이후부터는 그가 발길을 서두느라 굳이 눈에 보이는 혈귀들을 처리하지 않고 달려온 까닭이었다.

물론 이제 와서 혈귀들을 처리하려는 것이 아니었다.

마침 목표인 계곡이 저 멀리 시야에 들어오는 시점에 기존의 혈귀들과는 다른 기도를 풍기는 자가 다가오고 있었다.

호기심이 동했다.

앞서 기존의 혈귀들과 다른 백인혈귀(百人血鬼)라는 놈을 처치한 적이 있는데, 지금 다가오는 녀석은 그보다 훨씬 더 강렬한 기세를 내포하고 있었기 때문이다.

'천인혈귀(千人血鬼) 정도 되는 녀석인가?'

혈귀 위에 백인혈귀가 있으니, 그 위에 천인혈귀도 있을 테고, 더 나아가서 만인혈귀(萬人血鬼)도 있을지 몰랐다.

유치하고 우습게 들릴 수도 있는 추론이나, 대계의 강호방파는 그런 식의 작명을 선호했다.

그런 식의 담백한 이름이 외우기도 쉽고, 인지하기도 빠르기 때문이다.

작금의 군부에서 병사들의 서열을 백호니, 천호니 하는 지위로 나누는 것과 같은 이치인 것이다.

그런데 우습지 않게도 설무백의 예상이 정확히 들어맞지는 않았지만, 어느 정도 맞기는 했다.

비록 설무백이 감지한 강렬한 기세의 주인공은 천인혈귀가 아니었지만, 그와 함께 나타난 두 사내 중 하나인 혈의 중년인이 천인혈귀인 것 같았다.

"천인혈귀인가?"

설무백이 지근거리로 다가서서 모습을 드러낸 그들, 세 사람을 향해 슬쩍 넘겨짚은 말에 혈의 중년인이 움찔 반응을 보였다.

설무백는 의외라는 표정으로 반응을 보인 혈의 중년인을 외면하며 같이 나타난 청의인과 흑의인을 바라보았다.

청의인은 지긋한 나이의 노인이었다.

잿빛 면사로 하관을 가리고 있으나, 반백의 머리와 자글자글한 눈가의 주름으로 쉽게 알 수 있었다.

무엇보다도 그 청의노인이 남은 한 사람인 흑의사내보다 강렬한 인상이었다. 가장 고수인 것이다.

"그럼 당신은 만인혈귀인가?"

청의노인이 대답 대신 심각해진 표정으로 고개를 갸웃거리며 혼잣말처럼 중얼거렸다.

"분명 북쪽 기슭 너머에서 들려온 호각 소리를 듣고 나섰는데, 벌써 여기까지 왔다니, 정말 놀랍군. 이건 실로 무영신마(無影神魔)와 버금가는 경공술이야. 경공술만 뛰어난 것일까?"

옆에 있던 혈의 중년인이 심각하게 굳어진 표정과 냉정한 어조로 말을 받았다. 그 역시 자문과도 같은 질문이었다.

"아흔아홉의 혈귀들 중에서 지금 이 자리에 집결한 애들은 고작 이십여 명에 불과합니다. 앞서 무림맹의 명숙들을 제거할 때 여덟 명을 잃었으니, 나머지 오십여 명이 저자에게 당했다는 뜻입니다."

"아직 도착하지 못한 애들도 있을 게 아니오."

흑의사내의 반론이었다.

반대를 위한 반대, 혈의 중년인의 말을 인정하기 싫은 것이다.

혈의 중년인이 거기에 쐐기를 박았다.

"다른 무엇보다도 저는 지금 저자에게서 그 어떤 기운도 느낄 수 없습니다!"

흑의사내가 더는 반론을 피지 못하며 조개처럼 입을 다물었다.

사실은 그 역시 혈의 중년인과 같았던 것이다.

청의노인의 미간이 한껏 찌푸려졌다.

애써 참았음에도 불구하고 절로 드러난 놀라움이었다.

그럴 수밖에 없는 것이, 수하인 흑의사내 철검사유 조구과 달리 그와 천인혈귀 가륵(可勒)은 서열의 차이만 있을 뿐, 무공 실력의 차이는 거의 없었다.

어쩌면 실전에 관해서는 그보다 천인혈귀 가륵이 더 뛰어날지도 몰랐다.

기실 그래서 천인혈귀에게 물어본 것이었다.

이상하게도 그는 마주선 흑포사내에게서, 바로 설무백에게

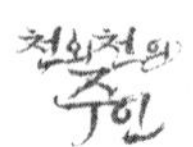

서 아무런 기운 느낄 수 없었던 것이다.

그런데 그만 그런 것이 아니었다.

천인혈귀 가륵도 눈앞의 흑포사내에게서 아무런 기운도 느끼지 못하고 있었던 것이다.

'우리가 감당할 수 없는 초고수라는 것인가?'

상황은 분명히 그랬다.

천인혈귀 가륵마저 그렇다는 것은 그의 느낌이 단순히 기분에 의한 착각이 아니라 어김없는 현실이라는 뜻이었다.

청의노인, 등천비마는 그래도 인정할 수 없었다.

그걸 인정하는 순간, 그를 비롯해서 지금 이 자리에 있는 모든 마교의 제자들이 전멸할 것이고, 마황동을 빠져나올 자들을 제거하는 계획이 수포로 돌아갔음도 인정해야 하기 때문이다.

등천비마는 애써 냉정을 유지하며 설무백을 향해 말했다.

"노부는 마교총단의 등천비마다. 아무리 봐도 무림맹의 떨거지는 아닌 것 같은데, 대체 너는 누구냐?"

설무백은 조금 놀랐다. 적잖게 당황스럽기도 했다.

여태껏 적잖은 마교의 졸자들을 만났으나, 지금 마주한 청의노인처럼 자기 입으로 마교의 제자의 졸자임을 밝히는 자는 하나도 없었던 것이다.

'실로 중원 장악에 자신이 있다는 의미인 건가?'

더 이상 이름을 숨기지 않는다는 것은 이제 굳이 숨길 필요가 없기 때문이고, 그건 그만한 자신감의 소산일 터였다.

그렇다면 그 역시 서둘러야 했다.

어쩌면 그의 예상과 달리 마황동에 들어간 사람들이 벌써 다 죽었을 수도 있었다.

"통성명은 무슨, 아무리 봐도 우리가 통성명이나 나누며 인사할 사이는 아니잖아. 그보다……!"

설무백은 냉정하게 잘라 물었다.

"아직도 여기서 서성거리는 것을 보니, 마황동에 들어간 무림맹 사람들을 미처 다 처리하지 못한 것 같군. 그렇지?"

질문을 하고 나서야 그는 이게 질문이라기보다 바람에 가깝다는 생각이 들어서 절로 입맛이 썼다.

상대가 자신의 조급함을 눈치챈다면 영악하게 지지부진 시간을 끌며 다른 수작을 모색할 수도 있겠다는 생각이 들어서였다.

하지만 다행이었다.

등천비마가 별다른 생각하지 않고, 아니, 어쩌면 생각이 너무 많은 까닭인지 바로 대답했다.

"삼공자를 구하려는 게 아니라 그들을 구하러 온 거라고?"

설무백은 내심 이게 뭔가 싶었다.

지금 등천비마의 말은 이번 마황동의 사건이 단순히 무림맹의 고수들을 죽이려는 함정만이 아니라는 사실을 내포하고 있었기 때문이다.

'내부 파벌간의 알력이 개입된 함정이라는 건가? 밖의 적을 끌어들여서 자신의 경쟁자를 제거하려는 음모 같은 거……?'

아무리 생각해도 그것 밖에 없었다.

문득 그는 무왕 석정에게 들은 천마공자에 대한 얘기가 떠올라서 짐짓 의미심장한 미소를 지으며 불쑥 물었다.

"그러는 너는 누구 편인데? 혹시 이공자 편이냐?"

등천비마의 얼굴이 볼썽사납게 일그러졌다.

그의 곁에 서 있는 천인혈귀 가륵의 표정도 그와 마찬가지로 한껏 일그러졌다.

설무백이 넘겨짚은 질문으로 인해 이제 그들은 설무백의 소속이 무림맹인지 아니면 삼공자를 지원하는 마교 내부의 세력인지 종잡을 수 없게 되어 버린 것이다.

반면에 설무백은 이제 더 이상의 질문이 필요 없게 되었다. 그들의 반응으로 인해 작금의 상황이 선명하게 그려졌기 때문이다.

"대답은 필요 없겠다. 그 얼굴, 그 표정만 봐도 충분히 답이 나오네."

대수롭지 않게 말을 건네는 설무백의 두 눈에 갑자기 푸른 빛이 감돌았다.

결정을 내리자 심중의 감정이 절로 드러난 것이다.

살기가 비등하고 있었다.

등천비마가 그것을 읽고 다급히 소리쳤다.

"쳐라!"

모습은 드러나고 있지 않지만 사방을 에워싸고 있던 이십여 명의 혈귀들이 일제히 설무백을 향해 달려들었다.

천인혈귀 가륵이 가장 빨랐다.

전광석화처럼 설무백의 전면으로 쇄도하는 그의 손에는 어느새 뽑아 든 칼이 휘황한 검기를 뿌리고 있었다.

그리고 그 뒤는 철검사유 조구의 철검이었다.

그러나 정작 명령을 내린 등천비마는 공격에 나서지 않았다. 그는 오히려 뒤로 신형을 날리고 있었다.

도주였다.

내색은 삼갔으나, 그것은 그가 지금 장내에 있는 사람들 중에서 가장 먼저, 그리고 가장 강렬하게 설무백의 살기를 느낀 까닭이었다.

또한 그것은 그가 겸손한 자평과 달리 지금 장내에 있는 다른 누구보다도 강하고 뛰어난 고수였기 때문에 가능한 일이었다.

등천비마는 난생처럼 대하는 압도적인 살기를 느꼈다.

거미줄처럼 온몸을 친친 휘감는, 그래서 꼼짝도 하지 못한 채 다가오는 거미를 바라보는 것 같았다.

실로 그건 죽으려 해도 죽을 수 없고, 살려 해도 살수가 없을 것만 같은, 마치 싸워서 죽이겠다는 것이 아니라 고양이에게 혹은 뱀에게 구석에 몰린 생쥐처럼, 아니, 그보다 더 심해서 마치 발바닥 아래의 벌레가 되어 버린 것 같은 유형의 살기였다.

그 때문이었다.

등천비마는 스스로도 이해할 수 없게 두려웠다.

무공의 고하를 따지기에 앞서 덜컥 겁이 났다.

그리고 그에겐 작금의 상황을, 바로 설무백의 존재를 마교 총단에 알려야 한다는 책임감을 빙자한 변명꺼리가 있었다.

그게 그가 주저하지 않고 도주를 선택한 이유였다.

그러나 등천비마의 입장에서는 더 없이 아쉽고 안타깝게도 설무백은 그런 그의 일거수일투족을 조금도 놓치지 않고 있었다.

그래서 설무백은 사방팔방을 뒤덮은 포위 공격과 상관없이 공격 명령을 내리고 도주하는 그와 동시에 반응했다.

휘리리리릭-!

천인혈귀 가륵의 칼날의 휘둘러지고, 철검사유 조구의 검극이 찔러 드는 가운데, 사방에서 튀어나오며 공격하는 혈귀들의 신형에 뒤덮여서 그의 신형이 보이지 않게 되어 버린 순간이었다.

설무백의 신형이 그 자리에서 사라졌다.

촛불이 바람에 꺼지는 것처럼 혹은 원래 그 자리에 없던 허깨비처럼 순간적으로 사라져 버린 것이다.

낭왕의 무상신법인 천화뇌전신에 야신 매요광의 필생 절기인 무상신보와 전생의 그에게 흑사신이라는 별호를 안겨 준 이매종의 환환미종보를 조화시켜서 실로 귀신도 무색할 정도로 새로운 차원으로 도약한 이형환위의 신법, 무상섬화(無上閃火)였다.

"어……?"

선두로 나섰던 천인혈귀 가륵과 철검사유 조구, 그리고 그 뒤를 따르던 혈귀들이 일순 멍청해졌다.

그들로서는 실로 상상도 할 수 없는 사태가 벌어진 셈이었다.

그들이 두 눈을 부릅뜨고 바라보는 면전에서 사람이 사라진다는 것이 어떻게 가능할 것인가.

절대 가능하지 않았다.

명색이 그들은 강호 무림의 명숙들로 분류되는 특급 고수과 버금가는 마교총단의 정예들이었다.

실제로 천인혈귀 가륵 등은 이번 작전에서 수십 명이나 되는 강호 무림의 명숙들을 해치운 것이다.

그런, 그들, 모두가 귀신에 홀린 것처럼 넋을 놓는 그때!

"헉!"

그들의 뒤쪽에서 익숙한 목소리의 신음이 들려왔다.

천인혈귀 가륵과 철검사유 조구, 그리고 혈귀들은 본능적으로 뒤를 돌아보았다. 그리고 다시금 넋을 놓았다.

방금 전에 그들의 면전에서 귀신처럼 사라졌던 설무백이

어느새 저만치 날아가고 있는 등천비마의 뒷덜미를 낚아채고 있었다.

등천비마라는 명호에서 알 수 있듯 마교총단에서 무영신마 다음으로 빠른 경공술의 대가였다.

그런데 경악스럽게도 그런 등천비마가 먼저 출발하고도 눈 깜짝할 사이에 따라잡혀서 뒷덜미를 잡혀 버린 것이다.

"……!"

그러나 그마저 약과였다.

그들, 천인혈귀 가륵과 이십여 명의 혈귀들이 진짜 놀랄 일은 그 다음 순간에 벌어졌다.

설무백이 뒷덜미를 잡은 채로 등천비마를 돌려세웠고, 그래서 그들은 두 눈으로 똑똑히 볼 수 있었다.

설무백의 손아귀를 벗어나려는 등천비마의 발버둥이 흡사 부지깽이에 질려서 높이 들린 개구리의 몸부림처럼 무색하게 보이는 순간이었다.

두 눈을 크게 부릅뜬 등천비마의 얼굴이, 그리고 힘없이 사지를 늘어트린 전신이 삽시간에 나뭇가지처럼 바싹 말라 갔다. 그건 마치 수십 년의 세월을 한꺼번에 맞이하는 사람처럼 보이는 모습이었는데, 이내 그는 그렇게 물기 하나 없이 푸석거리는 목내이의 모습으로 변해 버렸다.

"흡정마공!"

천인혈귀 가륵의 나직한 뇌까림이 경악과 불신, 충격에 눌려서 고요한 장내를 한층 더 무겁게 짓눌렀다.

적지 않은 시간이 지나도록 장내의 누구도 손가락 하나, 눈동자 하나 움직이지 못하고 있었다.

천의무봉天衣無縫 (2)

설무백은 목내이처럼 푸석푸석하게 말라 버린 등천비마의 주검을 아무렇지도 않게 옆으로 내던지고 망부석이 되어 버린 천인혈귀 가륵 등을 바라보는 채로 서서히 하강해서 지상으로 내려섰다.

천인혈귀 가륵 등의 눈빛이 그제야 너 나 할 것 없이 깊고 심대한 감정을 드러내며 거칠게 흔들렸다.

설무백은 무심하게 그들을 향해 발걸음을 내딛었다.

일체의 소리도 들리지 않았으나, 천인혈귀 가륵은 절로 움찔했고, 혈귀들은 주춤 뒤로 물러났다.

이제야 그들도 설무백을 경계하며 두려워하는 눈빛이었다.

등천비마의 죽음을 보고 나서야 앞서 등천비마가 느낀 감정을 그들도 고스란히 느끼게 된 것이다.

만일 마교총단의 누구라도 지금의 광경을 보았다면 실로 자신의 눈을 의심하며 연신 눈을 비볐을 터였다.

그럴 수밖에 없었다.

당대 마교주인 천마대제의 부제로 인해 아직 마교 통합 서열이 정해지지 않아서 그렇지, 만에 하나 그렇지 않았다면 천인혈귀 가륵은 능히 일천위권을 노려볼 만한 고수였고, 철검사유 조구도 그에는 조금 미치지 못하지만 엄연히 마교총단에서 중위권에 드는 고수였으며, 나머지 혈귀들 역시 마교총단이 보유한 사대전위대 중 하나인 혈인귀대(血人鬼隊)에 속한 정예 고수들이었다.

설무백은 그런 그들의 반응에 아랑곳하지 않고 뚜벅뚜벅 다가가고 있었다.

그는 이미 마음을 정한 상태였다.

지금 이 자리에서 살아도 좋을 사람은 하나도 없었다.

천인혈귀 가륵은 지금 무언가를 하지 않으면 돌이킬 수 없는 사태가 벌어질 것 같다는 압도적인 예감에 사로잡혔다.

그런데 그때 등천비마의 수족이던 철검사유 조구가 참지 못하고 그보다 먼저 행동했다.

"죽어!"

조구는 마구잡이식으로 수중의 철검을 내지르며 설무백을 향해 돌진하고 있었다.

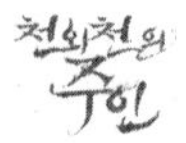

딴에는 전력을 다한 공격일지는 몰라도, 실제로 그가 가장 장기로 삼고 있는 사령검법(死靈劍法)의 일수이긴 하나, 천인혈귀의 눈에는 그렇게 보였다.

겁에 질려서 울음을 터트린 아이가 마구잡이로 주먹을 휘두르며 달려드는 것으로밖에는 안 보이는 것이다.

역시나 그 결과는 참혹했다.

철검사유 조구는 철없는 어린아이가 아니고, 상대인 설무백은 지금 이 자리에서 너그러운 어른일 필요가 없는 사람이었기 때문이다.

"자, 잠깐……!"

천인혈귀 가륵이 어떻게든 조구를 막으려고 손을 뻗는 사이, 설무백이 무심하게 손을 들어서 조구를 가리켰다.

순간!

쐐액-!

예리하고 강렬한 파공음이 일어났고, 섬뜩한 파열음이 그 뒤를 따랐다.

퍽-!

설무백을 향해 달려들던 조구가 허수아비처럼 꼿꼿하게 굳어져서 뒤로 넘어갔다.

보진 못했으나, 아마도 지공인 것 같았다.

뒤로 넘어가는 조구의 이마 중앙에는 동전만 한 구멍이 뚫려서 피를 뿜어내고 있었다.

그리고 그것으로 어떻게든 최악의 상황을 모면해 보려던 천인혈귀 가륵의 계획이 물거품으로 변했다.

누가 때리려고 하면 무심결에 손을 쳐들거나 마주 주먹을 내미는 것처럼 피를 본 수하 혈귀들이 반사적으로 공격에 나섰던 것이다.

"멈춰!"

천인혈귀 가륵은 필사적으로 외쳤으나, 이미 늦어 버렸다. 혈귀들이 반사적으로 돌격하는 순간과 동시에 상대 설무백도 반응했기 때문이다.

설무백은 앞서와 마찬가지로 모두가 보는 앞에서 귀신처럼 사라졌다. 그리고 다시금 귀신처럼 자신을 공격하는 혈귀들의 뒤에 나타나서 가차 없는 살수를 가했다.

"으악!"

"크아악!"

혈귀들의 비명이 꼬리를 물고 이어졌다.

혈귀들은 그런 와중에도 설무백의 위치를 찾지 못한 채 우왕좌왕하고 있었다.

가히 경세적(經世的)이라 하지 않을 수 없는 설무백의 신법 앞에서 그들은 그럴 수밖에 없었다.

어떻게 움직였는지 눈에 보이지도 않는 변화무쌍한 이동이 물 흐르듯 자연스럽게 이어지며, 시시때때로 안개가 스러지듯 사라져 버리는 그의 신법은 멀리 떨어져서 지켜보는 천인

혈귀 가륵의 시선으로도 쉽게 따라갈 수 없는 극쾌(極快)의 신법이었기 때문이다.

"익!"

결국 천인혈귀 가륵도 어쩔 수 없이 싸움에 나섰다.

이를 악물고 사력을 다한 신법으로 설무백의 뒤를 따라잡으며 필생의 절초가 담긴 칼을 휘둘렀다.

정면으로는 도저히 승산이 없다고 생각해서 뒤를 노린 것이다.

하지만 그는 차라리 정면에서 마주치는 것이 나았다.

멀리서 눈으로 보는 것과 직접 나서서 상대하는 것은 실로 하늘과 땅만큼이나 차이가 있었다.

그는 신법으로 설무백의 뒤를 따라잡으려고 한 것은 실로 하룻강아지 범 무서운 줄 모른 격이고, 강물이 용왕묘(龍王墓)를 침범한 격과 다름없다는 사실을 이내 깨닫게 되었다.

"어……?"

천인혈귀 가륵은 아무것도 없는 빈 공간을 가른 칼을 들고 멍청하게 정지했다.

눈앞에 있던 설무백이 어느새 사라지고 없었다.

그제야 그는 자신이 설무백의 뒤를 따라잡았다고 생각한 것은 단순한 착각에 불과했다는 것을, 정확히는 이미 사라지고 난 다음의 잔영을 진짜로 오해했다는 사실을 깨달을 수 있었다.

그리고 그것이 그가 가질 수 있는 이승에서의 마지막 기억이었다.

그 순간에 그의 뒤에 나타난 설무백이 손을 뻗어서 그의 뒷덜미를 으스러트렸기 때문이다.

으득—!

섬뜩한 소음과 함께 천인혈귀 가륵의 머리가 옆으로 기울어졌다.

정상이라면 도저히 그럴 수 없을 정도로 기울어진 그의 고개가 죽음을 말해 주고 있었다.

천기혼원공에 기반한 무극신화수의 엄청난 완력이었다.

천인혈귀 가륵의 죽음을 목도한 혈귀들이 흠칫 놀라며 반사적으로 설무백과의 거리를 벌렸다.

그러나 설무백은 그들을 놓아 줄 생각이 전혀 없었다.

찰나의 순간에 불과한 그사이에 그가 파악한 혈귀들의 숫자가 이제 고작 일곱 명에 불과했다.

그의 신형이 빛처럼 빠르면서도 물처럼 유연하게 흐르며 그들, 일곱 명의 혈귀들을 스치고 지나갔다.

그것으로 끝이었다.

"크으……!"

억눌린 신음히 이어지며 누가 먼저랄 것도 없이 동시에 일곱 명의 혈귀가 벼락 맞은 고목처럼 쓰러졌다.

설무백은 뒤늦게 피를 흘리기 시작하는 그 주검들의 중앙

에 모습을 드러내고는 언제 어느 순간에 뽑아 들었는지 모를 수중의 환검 백아가 허공에 크게 휘둘러서 피를 털어 내고 있었다.

혈귀들의 생사는 굳이 확인할 필요가 없었다.

그는 검극에 부딪친 감촉만으로도 상대의 생사를 확인할 수 있을 정도의 고수였고, 당연히 즉사였던 것이다.

그때였다.

꽈광-!

천지가 개벽하는 듯한 폭음이 들려왔다.

설무백은 이내 하늘을 가린 울창한 수림 사이로 저편 하늘에서 뭉게구름처럼 하늘 높이 치솟는 희뿌연 흙먼지를 볼 수 있었다.

어지간한 사람은 한치 앞도 볼 수 없을 정도로 짙은 안개도 고도로 발달한 그의 시야는 막을 수 없었던 것이다.

그것을 확인한 설무백의 안색이 변했다.

폭발이 일어난 곳이 바로 마황동의 있다는 '옹뉴드 야그', 바로 '신성한 요새'라고 불리는 계곡이었기 때문이다.

"마황동?"

순간, 설무백의 신형이 아지랑이처럼, 혹은 허깨비처럼 순간적으로 그 자리에서 사라졌다.

귀신도 무색할 차원의 신법인 무상섬화의 신위였다.

설무백의 직감대로 천기개벽과도 같은 폭발이 일어난 장소는 인근 부족들이 '신성한 요새'라고 부르는 계곡에 자리한 마황동이었다.

정확히는 마황동이 자리한 천길 벼랑이 통째로 무너져 내리고 있었다.

마황동 내부에서 일어난 엄청난 폭발의 여파로 보였다.

그런데 천길 벼랑이 모래성처럼 와르르 무너지는 순간, 하늘 높이 치솟은 흙먼지 사이를 뚫고 비산하는 그림자들이 있었다.

놀랍게도 폭발로 무너지는 마황동에서 탈출한 사람들이 있는 것이다.

마황동에서 격전을 벌이던 마교의 삼공자 독수마룡 아소부 일행과 무림맹의 경빈진인 일행의 일부가 바로 그들이었다.

그리고 그들의 싸움은 아직 끝난 것이 아니었다.

하늘 높이 치솟아서 뭉게구름처럼 흩어지는 흙먼지 사이로 비산한 그들은 마치 사전에 약속한 것처럼 거의 동시다발적으로 동굴 밖에 펼쳐진 공터로 집결하고 있었다.

사방이 험악한 지형인 계곡의 내부에서 그곳이 유일한 안전지대였던 것이다.

다만 격전의 결과인지 아니면 동굴이 무너지는 와중에 당한 것인지는 몰라도, 그다지 많지 않은 인원이었다.

아소부 측은 무시마궁 척노를 포함해서 열아홉 명이 다였고, 경빈진인 측도 소림사의 현각 대사, 무당파의 자허진인과 청비자, 아미파의 금정신니, 화산파의 적엽진인, 종남파의 부약도, 공동파의 현천상인, 광동진가의 무상곤 진팔방, 사상쾌도 적사연 등 열한 명이 전부였다.

그리고 상황은 경빈진인의 무림맹 측이 압도적으로 불리했다. 생존한 인원은 그다지 차이가 없지만, 아소부 등의 생존자는 비교적 다들 멀쩡한데 반해 무림맹 측은 전혀 그렇지가 않았다.

우선 수장인 경빈진인을 비롯해서 무당파의 자허진인과 종남파의 부약도, 광동진가의 무상곤 진팔방 등이 혼자서는 서 있을 수조차 없을 정도로 막대한 상처를 입어서 부축을 받고 있었다.

다들 치명적인 상처를 입은 모습, 숨을 쉬는 것조차 버거운 듯 매순간 어금니를 악물고 있는 그들이었다.

부상자를 부축하고 있는 사람들조차도 그리 성한 몸이 아닌 것이다.

놀랍게도 이건 결국 앞서 등천비마와 대화를 나누던 제갈현도의 예상과 많이 어긋나는 결과인 것인데, 알고 보니 그럴 만한 이유가 있었다.

현각 대사의 부축을 받고서도 창백한 얼굴로 힘겨운 숨소리를 내는 경빈진인이 아소부를 바라보는 탄식했다.

"자기가 잠자는 거처에 폭약을 깔아 두었을 줄은 정말 몰랐군. 부끄럽게도 네가 마귀의 종자라는 것을 노부가 너무 간과한 게야. 쿨럭……!"

말미에 기침을 하는 경빈빈인의 입에서 핏방울이 튀었다.

붉기는 하지만 투명한 기운이 더욱 선명한 선홍빛 핏방울, 바로 진원지기(眞元之氣)를 담고 있는 핏물, 한 방울 한 방울이 거의 일 년의 공력과 다름없는 기혈(氣血)이었다.

경빈진인은 그처럼 막대한 내상을 입고 있는 것인데, 그는 설령 죽지 않고 목숨을 건지더라도 오늘 잃어버린 공력을 되찾으려면 실로 적지 않은 세월을 소비해야 할 터였다.

하지만 그나마 그는 약과였다.

그를 제외한 다른 부상자들은 그와 달리 검푸른 핏물을 흘리고 있었다.

그들은 단순한 내상이 아니라 극독을 내포한 독공에 의해 이미 심대하게 중독되어 버린 것이다.

아소부가 경빈진인을 비롯한 그들, 중상을 당한 구대문파의 장문인들을 둘러보고는 빙그레 웃으며 대꾸했다.

"나야말로 당신들이 어쨌거나 구대문파의 존장들임을 너무 간과했어. 넉넉한 승리를 예상했는데, 만일의 경우를 생각해서 설치한 그 폭약까지 터트려야 할 줄은 정말 몰랐거든. 게다가 당신들의 마지막 선택은 실로 압권이었어. 누구라도 동귀어진이라고 생각할 그 상황에서 어떻게 나를 따라올 판단을 내린 거지?"

경빈진인이 웃는 낯으로 답변해 주었다.

"그야 네가 철부지 아이라서 내릴 수 있는 판단이었지. 아이와 노인, 그리고 여자는 조심해야 한다는 강호의 격언도 있지만, 무엇보다도 너 같은 철부지는 쉽게 목숨을 버리지 않거든. 무서워서 말이야. 그러니 당연히 빠져나갈 구멍을 만들어 놨을 거라고 생각했지."

상황적으로 봐서 전멸을 당해야 했을 경빈진인 등이 이렇듯 목숨을 건진 이유가 바로 그것이었다.

아소부가 예상과 다른 자신들의 역부족을 깨닫고 사전에 설치해 둔 지하의 폭약을 터트렸을 때, 경빈진인은 필시 동귀어진이 아닌 함정이라고 판단하고 은연중에 뒤로 빠지던 아소부 등을 재빨리 따라갔다.

그리고 역시나 그와 같은 경빈진인의 판단이 옳았다.

아소부 등이 물러나는 곳에는 동굴의 천장이 무너지기 전에 좌우로 갈라지는 통로가 있었고, 비록 시간적인 차이가 나서 적잖은 희생자가 생기긴 했으나, 그나마 마지막까지 통로를 개방하며 버텨 준 사대금강의 희생으로 말미암아 지금의 인원이라도 생존할 수 있었던 것이다.

"그렇게나 애썼는데, 억울하게 됐군."

아소부가 피 흘리는 경빈진인과 혼절하지 않고 버티는 것이 신기할 정도로 만신창이가 된 무당파의 자허진인 등 부상자들을 둘러보며 그나마 위로가 된다는 듯 웃는 낯으로 거듭 비아냥거렸다.

"뛰어 봤자 벼룩이라고, 이제 더는 갈 때도 없게 됐잖아?"

말이야 사실인지라 경빈진인의 얼굴이 실로 곤혹스럽게 일그러졌다.

애써 입은 웃고 있는 상태에서 인상을 찌푸리는 그들의 모습이 참으로 안타깝게 느껴지고 있었다.

그런 경빈진인 등을 바라보며 비웃고 있는 아소부를 향해 한줄기 예리한 바람이 날아온 것은 바로 그때였다.

쐐액―!

아소부는 부지불식간에 고개를 옆으로 틀어서 날아온 바람을 피했으나, 조금 늦었다. 그의 뺨에 선명하게 긁힌 자국이 생기며 핏물이 흘러내리고 있었다.

아소부가 눈을 부릅뜨는 그 순간, 저편 숲속에서 낭랑한 목소리로 아쉬워하며 걸어 나오는 사람이 있었다.

"어라, 그걸 피하네? 한 수 재간은 있는데 그래?"

설무백이었다.

"근데, 머리는 비었네."

설무백이 아소부를 향해 '한 수 재간은 있네'라고 말한 후에 바로 붙인 말이었다.

놀라고 당황하던 와중에 설무백의 존재를 확인한 아소부의

눈빛이 분노로 바뀌었다. 대번에 얼굴이 홍시처럼 시뻘겋게 달아오른 그의 두 눈에 푸른 빛이 감돌았다.

심중의 분노가 용암처럼 비등하는 것 같았다.

설무백은 그게 아랑곳하지 않고 끌끌 혀를 차며 말을 더했다.

"정말 멍청하네? 주변을 좀 돌아봐라. 적이든 아군이든 여기서 누가 너를 기다리고 있어야 한다는 생각이 아직도 전혀 안 드냐?"

"……!"

아소부가 그제야 깨달은 듯 안색이 변했다.

설무백의 말마따나 지금 밖에는 누구라도, 바로 무림맹의 세력이 아니면 이사형인 극락서생 악초군이 보낸 도부수들이 있어야 했다.

그가 아는 악초군은 고작 무림맹을 이용해서 자신을 치는 것으로 만족하고 생사도 확인하지 않은 채 물러날 사람이 절대 아닌 것이다.

설무백은 사뭇 달라진 아소부의 반응을 보고 어렴풋이 제반 상황을 유추하며 한층 여유를 가졌다.

그는 아소부 등을 경계하는 한편으로 경빈진인을 향해 넌지시 말을 건넸다.

"상황이 상황이라 인사는 나중에 드리기로 하고, 우선 말씀드리자면, 무림맹주 화운자의 장자방이라는 남궁유화, 남궁 여협의 부탁을 받고 이렇게 달려왔습니다. 마황동이 함정일 가능성이 매우 높다고 하더군요. 보아하니 실로 그런 것 같군요."

경빈진인이 애써 웃는 낯으로 입가의 핏물을 소매로 닦으며 대답했다.

"인사는 무슨, 자네가 이렇게 나타나 준 것만으로도 마냥 고마울 따름이네. 보다시피 이 모양 이 꼴로는 우리 중 누구도 온전히 살아서 여기를 벗어날 수 없었을 테니 말일세. 유화, 그 아이가 정말 고마운 일을 했군그래."

설무백은 거두절미하고 물었다.

"그보다 저 녀석 저거 누굽니까? 아무리 봐도 마교주로는 보이지 않는데, 혹시 저 녀석이 삼공자인가요?"

등천비마에게 들은 말이 떠올라서 건넨 질문이었데, 과연 그랬다.

경빈빈인이 신기하다는 표정을 지으며 고개를 끄덕였다.

"그렇다고 하더군. 저 아이가 자기 입으로 그러더군. 자기가 당대 마교주인 천마대제의 세 번째 제자인, 마교총단의 삼공자라고 말일세. 한데, 자네는 대체 그 얘기를 어디서 들은 겐가?"

설무백은 자신이 겪은 사정을 밝혔다.

"밖에서 기다리던 자들이 있었습니다. 자기 입으로 마교총단 소속이라는 자들이었는데, 보아 하니 아무래도 자기들끼리 치열하게 권력 다툼을 벌이는 모양입니다."

그는 슬쩍 눈짓으로 아소부를 가리키며 말을 덧붙였다.

"저 녀석이 아니라 이공자의 예하라고 하더군요."

아소부의 눈가에 경련이 일어났다.

참을 수 없을 정도로 심화된 분노의 표출이었다.

작금의 사태가 이공자의 술수라고 예상은 했지만, 그것이 사실임이 드러나자 울컥 분노가 비등해 버린 것이다.

반면에 경빈진인의 기색은 참으로 침울하고 침통하게 변했다.

그도 그럴 것이, 설무백이 왔을 때 동굴 밖에서 기다리던 자들이 마교의 무리였다는 것은 애초에 동굴 밖에서 대기하던 무림맹의 고수들이 이미 당했다는 의미였기 때문이다.

그래도 확인은 필요했다.

경빈진인은 힘겨운 기색으로 물었다.

"하면……?"

설무백은 굳이 듣지 않아도 무슨 질문인지 짐작할 수 있었으나, 대답에 앞서 먼저 해야 할 일이 있었다.

그는 무심결인 것처럼 슬쩍 한 손을 쳐들었다.

순간, 미세한 기척 속에 날아온 한줄기 기운이 그가 들어 올린 손바닥을 때렸다.

빡-!

설무백의 손바닥에서 폭음이 작렬했다.

팽팽하게 조여진 가죽 북이 터지는 듯한 소리였다.

아소부의 곁에 서 있던 척노가 아무런 사전 동작도 없이 순간적으로 무시마궁을 들어서 쏘아 낸 무형시였다.

천노가 쏘아낸 무형시가 설무백의 손바닥에서 흔적도 없이 소멸되어 버린 것이다.

"어, 어찌 그런……?"

천노가 크게 당황한 기색을 드러냈다.

무시마궁으로 쏘아 낸 무형시를 손으로 막아 낼 수 있다고는 꿈에도 상상하지 못한 그인 것이다.

설무백는 무심하게 그런 천노를 바라보았다.

그의 표정에는 아무런 변화가 없어서 한가해 보이기까지 했다. 그 상태로, 그는 말했다.

"인과(因果)가 있으면 응보(應報)도 있어야겠지?"

말과 동시에 들린 설무백의 손이 척노를 가리켰다.

천노가 무언가 느끼는 듯 움찔했으나, 그게 다였다.

아무런 기척도 없이 설무백의 손가락에서 뻗어 나간 한줄기 검은 기류가 여지없이 천노의 이마 중앙을 관통했다.

천기혼원공에 기반한 무극지의 가공할 신위였다.

퍽-!

뒤늦게 섬뜩한 소음이 터졌다.

천노의 뒤통수로 붉은 핏방울이 튀어나가고 있었다.

장내의 모두는 그제야 무엇인지 모를 예리한 기세가 척노의 이마 중앙을 관통했다는 것을 인지했다.

아소부가 크게 당황하는 가운데, 아직도 상황을 제대로 직시하지 못한 그의 수하들의 분노가 들끓었다.
특히 천노의 측근이자, 직속수하들의 분노가 극에 달했다.
"놈!"
결국 그들 중 둘이, 그리고 다시 그 뒤로 셋이 참지 못하고 나섰다.
간발의 차이를 두고 신형을 날리는 그들의 반응은 그야말로 시위를 떠난 화살이 따로 없었다.
그러나 그들은 분노로 인해 잊고 있었다.
무시마궁으로 쏘아 낸 천노의 무형시는 지금의 그들보다 곱절 이상 빨랐고, 설무백은 그런 무형시를 대수롭지 않게 막아 냈었다.
와중에도 아소부는 그것을 잊지 않고 있었기에 부지불식간에 그들을 말리려고 손을 쳐들었으나, 이미 늦어 버렸다.
설무백은 실로 아무렇지도 않고 손을 들어서 쇄도하는 사내들을 차례대로 가리켰다.
그의 손에서 검은 기류가, 바로 천기혼원공에 기반한 가공할 지공인 무극지가 발출되었다.
퍽! 퍼벅-!
팽팽한 가죽 북이 터지는 것 같은 예의 폭음이 꼬리를 물고 연이어 터졌다.
그와 동시에 설무백을 향해 달려들던 다섯 명의 사내들이 거의 동시에 화살 맞은 새처럼 추락해서 뒤로 나자빠졌다.

그야말로 즉사였다.

"……!"

장내에 죽음과도 같은 침묵이 내려앉았다.

아소부가 절로 커진 두 눈으로 마른침을 삼키는 가운데, 이제 더는 아무도 움직이지 않았다.

무시마궁 척노에 이어 다섯 명의 사내들을 아무렇지도 않게, 그야말로 애들 장난처럼 손쉽게 처리해 버린 설무백의 가공할 신위에 아소부를 위시한 마교의 무리만이 아니라 경빈진인 등 무림맹의 인물들도 경악과 불신에 차서 꼼짝도 하지 않고 있었다.

특히 설무백을 익히 잘 알고 있는 공동파의 현천상인과 해남검파의 적사연 등은 실로 경악하고 있었다.

제아무리 사별삼일이면 괄목상대라고는 해도, 지금 보여준 설무백의 무위는 지난날 그들이 알고 있던 설무백의 그것이 아니었기 때문이다.

설무백은 그런 장내의 분위기를 아는지 모르는지 어디까지나 무심한 태도, 심드렁한 눈빛으로 아소부 등을 둘러보며 물었다.

"또 누구?"

대답에 나서는 사람이 있을 리 없었다.

지금의 설무백은 가히 눈동자 하나 허투루 돌릴 수 없이 무시무시한 존재감을 발휘하고 있었다.

그러나 그게 어떤 상황이든 간에 나설 수밖에 없고, 나서지 않으면 안 되는 입장이 있는 법이다.

독수마룡 아소부가 그랬다.

이제야말로 그는 기다릴 수도, 참을 수도 없었다.

아무리 참고 기다려도 승산이 높아질 일이 없다는 것을, 아니, 오히려 승산이 줄어들 것이라는 사실을 직감했기 때문이다.

지금 그의 눈에 보이는 설무백은 그야말로 난생 처음 대하는 괴물이었기 때문이다.

"쳐라!"

아소부는 발작적으로 소리쳤다.

기실 지금 그의 주변에 있는 사내들은 마교에서 대대로 그의 일족을 추종하던, 바로 마교총단으로 대변되는 마황궁 예하의 삼전오문구종 중 삼전의 하나인 독왕전의 정예들이었다.

그리고 그중에는 무시마궁 천노와 더불어 독왕전의 삼대고수이기 이전에 고굉지신을 자처하는 가신들인 비천독조(飛天毒爪) 장가기(張柯奇)와 독검사유(毒劍邪儒) 유중(乳中)도 있었다.

아소부의 명령을 듣고도 다들 설무백의 존재감에 눌려서 꼼짝도 하지 못하고 있었으나, 바로 그 두 사람, 장가기와 유중만은 오랜 가신의 습관처럼 반사적으로 나섰고 또한 그것이 주저하던 나머지 사내들의 감정을 격발시켰다.

“쳐라!”

“죽여라!”

아소부의 명령을 복창하고, 맞장구를 치며 신형을 날린 장가기와 유중의 뒤를 따라서 나머지 십여 명의 사내들이 일제히 지상을 박차고 날아올랐다.

다만 그 와중에 오진 한 사람, 정작 명령을 내린 삼공자, 독수마룡 아소부만은 뒤로 물러나고 있었다.

설무백은 그 모습을 바라보며 쇄도하는 마교의 무리들과 상관없이 절로 실소했다. 본의 아니게 앞선 등천비마의 경우가 뇌리를 스쳤기 때문이다.

그때 경빈빈인이 발작적으로 소리쳤다.

“다들 주사장(朱砂掌)이나 흑사장(黑沙掌) 계열의 독공과 파독검(播毒劍) 계열의 병장기를 사용하는 자들이니, 직접 부딪치는 것은 피하고……!”

너무 다급한 나머지 악을 쓰듯 외치던 경빈진인이 이내 말꼬리를 흐리며 눈을 크게 부릅떴다.

그만이 아니라 그를 부축하고 있는 현각 대사를 비롯해서 어느새 부상자들을 내려놓고 마주 나서려던 무림맹의 고수들 모두가 경악과 불신에 찬 두 눈을 부릅뜨고 있었다.

당연한 반응이었다.

비천독조 장가기와 독검사유 유중을 필두로 설무백을 노리고 신형을 날린 마교의 무리가 흡사 시간이 멈추는 공간에 빠진 것처럼 공중에 떠오른 채 서서히 행동이 느려지고 있었다.

무언가 보이지 않는 장벽에, 아니, 마치 쏟아지는 물결처럼 거센 압력에 막힌 것 같은 모습이었다.

그들도 이내 자신들의 상황을 깨달은 듯 어이없고 황당하다는 표정으로 두 눈을 부릅뜨고 있었다.

그 순간,

꽈릉―!

벽력이 터지고, 뇌성이 울었다.

고막이 터질 것 같은 그 굉음의 뒤를 따라서 장가기와 유중을 필두로 허공에 떠 있던 마교의 무리가 태풍에 휩쓸린 가랑잎처럼 저 멀리 날아갔다.

"으아악!"

"크아아악!"

단말마의 비명이 꼬리를 물고 이어졌다.

붉은 피와 찢겨지고 조각난 살점이 어지럽게 휘날리는 가운데, 아름드리나무를 포함한 전방 일대의 초목들이 흡사 갈대처럼 속절없이 부러져서 넘어가고 있었다.

일시지간, 설무백이 쏘아 낸 가공할 강기의 폭풍이었다.

무지막지한 내공의 소유자인 설무백은 일반적으로 몸을 보호하는데 그치는 것으로 알고 있는 호신강기를 마음대로, 그야말로 얼마든지 원하는 크기로 확대해서 펼칠 수 있을 뿐만 아니라, 한순간 응축시켜서 폭발력을 극대화한 다음에 일정

방향으로, 혹은 사방팔방으로 쏘아 내는 탄강(彈罡)의 경지까지 가능한 절대 고수인 것이다.

즉, 지금 그는 절대극강의 호신강기인 불사마화강을 순간적으로 압축시켰다가 전방으로 쏘아 냈던 것인데, 그 결과는 실로 엄청났다.

선두로 나섰던 장가기와 유중은 말할 것도 없고, 그 뒤를 따르던 사내들 중에서도 멀쩡한 사람은 하나도 없었다.

단순히 크게 다쳤다거나 엄청난 내상을 입었다는 얘기가 아니었다.

설무백의 전면으로 다가서던 십여 명의 사람들 전부 다 그야말로 형체를 알아볼 수 없을 정도의 피 떡으로 변해 버렸던 것이다.

하물며 저편 뒤쪽으로 날아가던 아소부마저 속절없이 지상으로 추락하고 있을 정도였다.

"……!"

장내의 모두가 할 말을 잃어버린 표정으로 굳어진 가운데, 경빈진인이 그것을 알아보았다.

"탄강의 경지는 탄강의 경지인데……!"

그리고 절레절레 고개를 흔들며 말을 덧붙였다.

"천마불사심공으로 불리는 천마신공으로 펼치는 마교 최강의 탄강인 살인마벽(殺人魔壁)의 위력도 이 정도는……!"

만에 하나 경빈진인이 지금 이 순간, 전방에 널브러진 주검

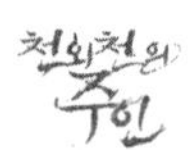

들에게, 아니, 흩뿌려진 살점들에게 시선을 빼앗기지 않고 설무백을 보았다면 더욱 놀라고 경악했을 터였다.

지금 설무백은 얼굴을 물론, 밖으로 드러난 전신의 피부가 거무튀튀하면서도 유리처럼 반들거리는 형태로 변해 있었기 때문이다.

극도의 내공을 끌어 올리자 전신이 금강불괴보다 더한 철마지체로 변화해 버렸던 것이다.

하지만 경빈진인은 미처 그것까지는 보지 못했다.

볼 수가 없었다.

다음 순간, 설무백이 신형이 시위를 떠난 화살처럼 쏘아진 까닭이었다.

저편 하늘에서 지상으로 추락했던 아소부가 그 순간에 새처럼 날아올랐기 때문이다.

쏘아진 화살은 정확했고, 날아오른 새는 다시 추락했다.

천의무봉天衣無縫 (3)

독수마룡 아소부는 실로 어처구니가 없었다.

환상처럼 혹은 착각처럼 보이는 탄강의 엄청난 파괴력 앞에서 수하들이 몰살을 당하고 자신마저 여파를 감당하지 못하고 추락한 것도 꿈인가 싶었다.

그런데 애써 정신을 차리고 사력을 다해서 신형을 날린 그의 뒷덜미를 어느새 다가온 설무백의 손이 낚아챈 것이다.

"익!"

아소부는 다시금 중심을 잃고 추락하는 와중에 사력을 다해서 손을 뻗어 냈다.

그의 두 눈이 심연과도 같은 시퍼런 광망으로 번들거리고, 그가 내지른 손은 암녹색(暗綠色)의 불꽃이 피어나고 있었다.

독인의 경지에서 펼치는 독장(毒掌), 마교총단의 삼전 중 하나, 독왕전의 후예인 그가 지난 수년 간 절치부심, 뼈를 깎는 수련을 통해서 겨우 경지를 이룬 독공인 마라독령기의 장력이었다.

하지만 다음 순간, 다시금 어처구니없는 사태가 벌어졌다.

푸식-!

바위도 녹이는 그의 독장이 허무하게 소멸되었다.

설무백이 슬쩍 내민 손바닥이 그의 장심과 마주친 순간에 벌어진 일이었다.

"……?"

아소부는 놀라고 상황하기에 앞서 도무지 이해할 수가 없었다.

독왕전의 비전무공인 마라독령기가 경지를 이룬 그는 피 대신 독이 흐르는, 그야말로 전신이 독으로 이루어진 독인이었다.

비록 아직 마라독령기를 대성하지 못해서 완벽한 독인, 독의 초극지체인 독종독인의 경지에는 도달하지 못했지만, 지금의 수준만으로도 능히 한 호흡으로 열 마리의 소를 독살하고, 일수의 장력으로 바위도, 더 나아가서 강철도 녹일 수 있는 사람이 바로 그인 것이다.

그런데 이게 대체 뭔가?

수백 수천의 독을 함축하고 있다고 봐도 무방할 그의 독기를 내포한 독장을 고작 약관밖에 안 되어 보이는 젊은 녀석이

아무렇지도 않게 손바닥으로 막아 버렸다.

그리고 웃고 있었다.

독기에 중독되기는커녕 아무렇지도 않게 멀쩡한 모습으로 비웃고 있는 것이다.

"떨어져!"

아소부는 발작적으로 다른 손을 내밀어서 설무백의 가슴을 노렸다.

설무백이 다른 손을 내밀어서 역으로 아소부의 손목을 잡아챘다.

아소부의 손속에 비해 전혀 빠르지 않게 보이는 동작이었으나, 아소부의 손목은 여지없이 설무백의 손아귀로 들어갔고, 다른 손 역시 그 한 손에 잡혀서 하나로 묶였다.

아소부의 입장에선 실로 어처구니없는 일이었다.

방금 전 그의 손속에 마라독령기의 막강한 독기가 응축되어 있다는 것은 차치하고, 그의 전신은 독의 기운으로 이루어진 호신강기가, 바로 강호 무림의 그 어떤 절대 고수라도 극도로 경계해마지 않는 독강(毒罡)의 보호를 받고 있었다.

비록 이사형의 음모에 놀아난 구파 연합의 방해를 받아서 마라독령기를 대성하지 못하고 깨어나는 바람에 아직 완전한 수준은 아니긴 하나, 그래도 어지간한 바위는 쉽게 녹여 버릴 수 있는 호신독강이 그의 전신을 감싸고 있는 것이다.

그런데 설무백의 손은 실로 아무렇지도 않게 그런 그의 독강을 헤집으며 마라독령기의 독기가 응축된 그의 두 손을 잡아채서 구속해 버렸다.

대체 어떻게?

'설마 이자가 만독불해(萬毒不解)의 영능을 보유한 만독불침지체라는……?'

아소부는 불현듯 뇌리를 스치는 그 생각과 동시에 등부터 바닥에 처박혔다.

꽝-!

묵직한 타격음과 함께 등에서 작렬한 엄청난 고통이 그의 전신을 마비시켰다.

그는 그제야 자신이 공중에서부터 추락하고 있었다는 사실을 깨달으며 공격보다는 빠져나가는 데 주력했어야 했다고 후회했으나, 이미 때가 늦었다.

추락의 여파로 몸부림치는 데 반해 설무백은 아무렇지도 않게 그런 그의 목을 움켜잡고 있었다.

"익!"

아소부는 사력을 다한 두 손으로 설무백의 손목을 부여잡으며 발버둥 쳤다.

치익-!

아소부의 두 손이 움켜잡은 설무백의 소매가 검게 타들어 가며 누런 연기를 피어났다.

그야말로 이를 악물고 죽을힘을 다하는 그의 손에는 마경칠서에 기록된 환우최강의 독공 중 하나라는 마라독령기의 모든 독기가 응축되어 있는 것이다.

하지만 그게 다였다.

마라독령기의 극강독기도 설무백의 몸에는 아무런 타격도 주지 못했다.

소매를 녹였을 뿐, 정작 피부는 아무렇지도 않고 멀쩡했다.

아소부는 그걸 보고 경악하고 불신하다가 이내 허탈해져서 무기력하게 늘어졌다.

자신의 부족함을 절실하게 느끼며 더 이상의 반항을 포기해 버린 것이다.

독인의 경지를 이룬 그가 가진 최고의 무기는 독공이었다.

그런 그에게 독공이 먹히지 않는 상대를 대적할 수 있는 방법은 아무것도 없었다.

'이게 내가 도주한 이유였나?'

문득 그런 생각이 아소부의 뇌리를 스쳤다.

조금 전 그에게는 분명히 도주할 이유가 없었다.

그런데도 그는 도주를 감행했고, 그 다음에야 이건 도주가 아니라 혹시나 여전히 남아 있을지 모르는 이사형의 매복을 피하려는 것뿐이라는 핑계거리를 찾아내서 자신의 행동을 정당화했다.

그런데 이제 보니 이것인 모양이었다.

싸움의 승패는 대개 싸우기도 전에 결정이 되어 있다고 하더니, 실로 그런 것 같았다.
고양이나 뱀 앞에 선 쥐나 개구리처럼 그의 이성은 몰랐으나, 그의 본능은 알았던 것이다.
자신은 절대로 설무백을 상대할 수 없다는 사실을 말이다.
그런 생각으로 자괴감에 휩싸인 아소부의 기분을 아는지 모르는지, 설무백은 아무렇지도 않게 그야말로 심드렁하게 손을 내밀어서 아소부를 마혈을 점했다.
그리고 마치 허수아비처럼 옆구리에 낀 채로 신형을 날려서 경빈진인 등 무림맹의 고수들이 자리한 자리로 돌아갔다.
경빈진인이 그런 설무백을 바라보며 어이없다는 듯 웃었다.
"자네를 보니 내가 헛산 기분이 드는군그래. 왜 전에는 자네의 이런 모습을 전혀 상상하지 못한 것인지 실로 알다가도 모르겠네. 내가 실로 인생을 헛산 게야."
설무백은 옆구리에 차고 있던 아소부를 쓸모없는 짐짝처럼 옆으로 내던지며 경빈진인을 부축했다.
경빈진인의 상태가 매우 위중해 보였다.
"나는 됐네."
경빈진인이 슬쩍 그의 손길을 뿌리치며 상처 입은 다른 장문인들을 가리켰다.
"저분들의 상세나 살펴 주게."
설무백은 묵묵히 경빈진인의 말을 따르려고 했으나, 그마저 쉽지 않았다.

구대문파의 장문인이라는 자존심이 혹은 자존감이 발동한 것일까? 아니, 어쩌면 가장 높은 항렬인 경빈진인이 거부한 손길을 자신들이 넙죽 받을 수는 없다는 예의인지도 모른다.

"아니, 빈도는 되었소."

무당파의 자허진인을 시작으로…….

"이 늙은 비구는 사양하겠네."

"본인도 됐소."

"본인은 참을 만하오."

"본인 역시……!"

아미파의 금정신지와 종남파의 부약도, 공동파의 현천상인, 광동진가의 진팔방에 이르기까지 상세가 엄중한 모든 사람들이 설무백의 손길을 뿌리쳤다.

설무백은 더는 굳이 나서려고 하지 않았다.

배려를 무시하는 것이 괘씸하다거나 거부감이 들어서가 아니었다.

그의 손길을 거부하는 사람들 모두가 경빈진인만큼이나 심대한 내상을 입은 상태였기 때문이다.

아무리 봐도 다들 그의 어설픈 의술로는 대세를 바꿀 수 없을 정도로 엄중한 상태인 것이다.

설무백은 생각을 정리하느라 잠시 여유를 두었다가 경빈진인에게 시선을 주며 입을 열었다.

"여기 마황동이 함정이었다는 것을 아셨을 때, 이미 어느 정도 짐작하셨을 테지만, 무림맹의 상황도 매우 좋지 않습니다. 일종의 양동작전이었던 것이지요. 외람되지만 속히 복귀하시기를 권해 드립니다."

무림맹주인 화운자의 죽음을 굳이 밝히지 않는 것은 그 나름의 배려였다.

작금의 상황에서 그런 충격까지 더해진다면 다들 참으로 심대한 타격을 받을 수도 있었다.

경빈진인이 가만히 고개를 끄덕이고는 현각 대사 등에게 시선을 돌리며 말했다.

"들었다시피 그렇다는구려. 그러니 무리를 해서라도 어서들 속히 무림맹으로 돌아가시오. 빈도는 여기 이 친구와 긴히 나눌 얘기가 있어서 잠시 뒤에 따라가도록 하겠소이다."

"대사백님, 그럼 빈도도……!"

적엽진인이 황망히 나섰으나, 경빈진인이 사뭇 엄중한 눈빛을 던지는 것으로 꾸짖으며 말했다.

"그나마 멀쩡한 네가 빠지면 대체 누가 다친 분들의 수발을 들라는 게냐! 괜한 소리 말고, 가거라! 여기 계신 다른 분들과 마찬가지로 네게도 역시 막중한 임무가 남아 있음을 진정 모르는 게냐!"

적엽진인이 여전히 할 말이 많은 표정이면서도 억지로 침묵했다.

경빈진인이 지금 무슨 말을 하는 것인지 그도 익히 잘 알기

때문이다.

지금 경빈진인의 상태는 생사를 장담할 수 없이 엄중하며, 화산파 장문인 정인진인은 이미 마황동의 싸움에서 사망한 상태였다.

이제 그가 화산파의 미래를 책임져야 하는 것이다.

"죄송합니다, 대사백님. 제가 너무 무례했습니다. 그럼 저는 먼저 돌아가서 기다릴 테니, 옥체 보중하시고 돌아오십시오!"

적엽진인이 이내 애써 사과하며 물러났다.

경빈진인이 그제야 현각 대사 등을 둘러보며 지그시 웃는 낯으로 더 없이 정중하게 포권의 예를 취했다.

"수고들 하셨소. 다들 옥체 보중하길 바라오."

현각 대사 등이 누가 먼저랄 것도 없이 동시에 마주 포권의 예를 취했다.

"옥체 보중하십시오."

경빈진인도 그렇고, 현각 대사 등도 그렇고, 다들 마치 무슨 의식을 치르듯 진중한 모습이 아닐 수 없었다.

이해할 수 있는 상황이었다.

지금 장내에 있는 사람들 모두가 이제 다시는 경빈진인을 볼 수 없다는 사실을 직감하고 있는 것이다.

"그럼 저희들은 이만……!"

현각 대사 등은 그렇듯 인사를 나누고 물러나서 경빈진인과 설무백에게 작별을 고하며 자리를 떠났다.

다들 경빈진인을 걱정하는 기색이긴 했으나, 그들 역시 경빈진인과 같은 생각을 할 수밖에 없는 입장인지라 두말없이 물러날 수밖에 없는 것이다.

설무백은 그렇듯 모두가 자리를 떠난 다음에야 경빈진인을 향해 물었다.

"저는 노야와 따로 할 얘기가 없는데요?"

경빈진인이 빙그레 웃었다.

"그 얘기를 아까 다들 있는 자리에서 할까 봐 내심 무지 걱정했는데, 이제야말해 주니 고마우이."

설무백은 짐짓 퉁명스럽게 외면했다.

"그러니까, 저는 노야와 할 얘기가 없다고요."

경빈진인이 여전히 웃는 낯으로 말했다.

"자네에게 부탁이 하나 있네."

"부탁요?"

설무백은 자못 어리둥절한 마음에 잘라 물었다.

"무슨 부탁요?"

경빈진인이 여전히 웃는 낯으로 덥석 그의 두 손을 잡았다.

"우선 들어주겠다고 대답해 주게. 그럼 얘기해 줌세."

설무백은 어이없고 기가 막혀서 절로 실소했다.

"아니, 세상에 그런 억지가 어디에 있습니까?"

경빈진인이 자신의 손길을 뿌리치려는 설무백의 손을 더욱 힘주어 잡으며 말했다.

"내 부탁을 들어주지 않겠다면 내가 이 자리에서 이런 모습 그대로 죽어 가는 것을 봐야 할 걸세. 자네가 아니면 달리 부탁할 사람이 없으니까 이대로 죽는 수밖에는 다른 도리가 없네."

경빈진인은 여전히 웃고 있었다.

그런 낯으로 자신을 통보하고 있으니, 왠지 모르게 서늘해지는 기분이 들었다.

설무백은 졌다는 표정으로 한숨을 내쉬며 말했다.

"말해 보세요. 대체 무슨 부탁이기에 이런 억지를 다 부리는 거예요?"

경빈진인이 단호하게 고개를 저었다.

"들어주겠다는 말부터 해 주게."

설무백도 그냥 호락호락하게 승낙하지는 않았다.

"제가 들어줄 수 있는 거라면 들어줍니다. 하지만 아니라면 절대 거절할 겁니다."

경빈진인이 재빨리 말했다.

"자네라면 얼마든지 충분히 들어줄 수 있는 거네."

설무백은 그제야 승낙했다.

"그럼 들어줍니다."

경빈진인이 이제야말로 눈 뜬 장님처럼 환하게 웃으며 말했다.

"자네라면 아주 쉬운 일이야. 그저 그간 빈도가 깨우친 심득을 제자인 무허에게 전해 주면 되는 일이니까 말일세. 하하하……! 쿨럭!”

말을 끝내고 호탕하게 웃는 경빈진인이 이내 거친 기침을 했다. 기침을 할 때마다 선홍빛 피가 튀고 있었다.

설무백은 도저히 거절할 수 없었다.

“어떻게 들어주면 되는 겁니까, 그 부탁?”

천의무봉天衣無縫 (4)

어지간한 사람은 낮인지 밤인지도 구별하기 어려운 짙은 안개 사이를 푸르게 흐르는 기류가 있었다.

분명 아무것도 없는 공간을 스치고 있음에도 단단한 얼음을 깎아 내는 것처럼 차가우면서도 강렬하게 느껴져서 온통 푸르게 보이는 그 기류를 선도하는 것은 비스듬히 숙여진 상체로 넓은 소매를 펄럭이며 미끄러지듯 자유로우면서도 기민하게 지면을 이동하는 노도사, 경빈진인의 손에 들린 자루 검이었다.

실로 아름답고 경이로운 움직임이었다.

얼어붙은 대지를 가르는 것처럼 강렬하면서도 파릇한 새순이 피어나는 것처럼 부드럽고 감미로운 검극의 흐름 속에서 실제로 꽃잎이 피어나서 허공을 가득 메우는 환상이 연출되었다.

허공을 수놓는 그 꽃잎 하나하나가 전부 다 고도로 응축된 검기임은 두말할 나위도 없을 터였다.

경빈진인이 자신의 검극으로 피어 낸 수많은 꽃잎 속에 점점 더 깊게 파묻혀 가며 나직한 어조로 말했다.

오직 설무백만 들을 수 있는 말, 전음이었다.

―무릇 검도의 기본은 자연에 있고, 그 자연을 가장 면밀하고 자연스럽게 구현해 낸 검법은 천하에 두 가지가 있다. 하나는 무당의 태극검이요, 다른 하나는 바로 화산의 매화검이다.

경빈진인의 몸이 팽이처럼 돌아갔다.

빠르게 보이지는 않지만 결코 느리지도 않는 그 회전에 따라 그의 주변을 감싼 꽃잎들이 회오리를 일으키기 시작했다.

―다만 무당의 태극검이 장중하면서도 거대한 강물처럼 유장하게 흐르며 파괴적은 기운을 감춘 고요한 수면과 같은 기풍이라면, 화산의 매화검은 편안하고 아늑하게 보이면서도 깎아지른 절벽과 거칠게 요동치는 계곡 등 천연의 험지를 품은 산처럼 삼엄하면서도 추상같은 기풍이라 기본적으로 경쾌하다.

꽃잎의 회오리가 경빈진인의 전신을 감싸며 점점 더 크게 자라나서 거대한 기둥으로 자리했다.

―이것이 바로 빈노가 깨우친 매화검의 오의, 매화검의 시작이자 끝이라는 이십사수매화검(二十四手梅花劍)의 정수이니……

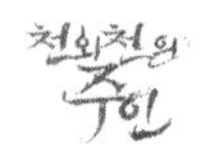

거대한 기둥으로 자라난 꽃잎의 회오리가 일시지간 사방으로 흩뿌려졌다.

거대한 폭죽이 터진 것처럼 보이는 꽃잎의 비산이었다.

티티티티팅—!

설무백의 전신이 어지러운 불꽃에 휩싸였다.

지금 흩날리는 꽃잎 하나하나는 바로 더 할 수 없이 예리하게 정제된 매화검의 검기인 것이다.

매화검의 검기가 설무백의 호신강기와 충돌하는 모습이었다.

이윽고, 흩날리던 꽃잎이 소멸되며 땅에 박은 검극에 몸을 기대고 서 있는 경빈진인의 모습이 드러났다.

시종일관 경이로운 눈빛으로 지켜보던 설무백은 짐짓 미간을 찌푸리며 말했다.

"가능하면 저를 죽이실 작정이었습니까?"

경빈진인이 소탈하게 웃으며 대답했다.

"그러게 자네라야 한다고 하질 않았나. 제대로 전해 주려면 시작과 끝을 모두 봐야 하는데, 그걸 견딜 수 있는 이가 아무리 생각해도 자네밖에 없단 말이지."

설무백은 잠시 뜸을 들였다가 물었다.

"그래도 왜 하필 저죠? 적엽진인이라면 능히 감당했으리라 보이는데 말입니다."

경빈진인이 쓰게 입맛을 다셨다.

"적엽, 그 아이는 지금의 자리가 딱 맞아. 더 이상은 무리인데, 아무래도 무리를 할 거란 말이지. 그래서 그러네. 무허의 뒤를 봐줄 사람으로 적엽만 한 인물이 없어서 말일세. 적엽은 화산의 세(勢)를 책임지고, 무허는 화산의 무(武)를 책임져야 한다는 것이 바로 노도의 바람인 것이네."

경빈진인은 화산파의 미래를 책임질 사람으로 무허를 선택했기에 자신의 심득을 전해 주려는 것이다.

그리고 그는 또한 적엽진인의 성정을 익히 잘 알기에 적엽진인이 아니라 설무백을 선택해서 자신의 심득을 무허에게 넘기려 하고 있었다.

화산파의 미래를 위해서 무력이 아니라 세력을 책임져 주어야 하나, 여차하면 세력만이 아니라 무력까지 책임지려고 나설 정도로 욕심이 많은 인물이라는 것이 경빈진인이 보는 적엽진인의 인물됨인 것이다.

설무백은 그래서 새삼 묻지 않을 수 없었다.

"하면, 저는요? 대체 저를 어떻게 믿고 이런 막중한 일을 부탁하는 거죠? 막말로 저를 언제 봤다고요? 고작 몇 번 만나 본 게 다질 않습니까? 화산파의 미래를 걸고 이런 도박을 해도 되는 겁니까?"

경빈진인이 웃었다.

"역시 빈도가 사람 하나는 제대로 봤나보군. 자네가 정말 꿀꺽하고 입을 씻을 사람이라면 지금 내게 그런 걸 묻지도 않을

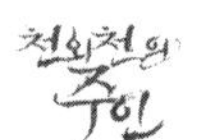

테니 말이야."

설무백은 짐짓 시치미를 떼며 말했다.

"저를 너무 쉽게 보시네요. 속이려 마음먹으면 그 누구도 속일 수 있을 정도로 고도의 기만술을 가진 사람이 접니다."

"뭐, 그럴 수도 있겠지."

경빈진인이 태연하게 수긍하고는 재우쳐 말했다.

"하지만 자네는 그러지 않을 게야. 빈도가 보는 자네는 속이 너무도 크고 방대해서 오늘 빈도가 전해 준 심득조차 전혀 눈에 차지 않을 테니까."

설무백은 짐짓 짜증을 부리듯 따졌다.

"그러니까, 그걸 도사님께서 어떻게 아시냐고요?"

"그러게 도사인 게지."

경빈진인이 빙그레 웃으며 말을 자르고는 자못 엄중하게 안색을 바꾸며 말을 덧붙였다.

"하지만 조심하게. 오늘 빈도가 자네를 통해서 무허에게 전해 주려는 심득인 이십사수매화검의 정수는 그저 빈도의 것일 뿐, 무허의 그것이 아니라네. 무허가 성취할 이십사수매화검의 정수는 노부의 그것과 또 다를 테고, 그건 자네도 감당할 수 있을지 없을지 전혀 모르는 일이니까 말일세."

설무백은 이런 거 저런 거 다 떠나서 사실이 그렇다고 해도 노인네가 참 인생 복잡하게 산다는 생각이 들었으나, 굳이 입 밖으로 내지는 않았다.

경빈진인의 생명이 얼마 남지 않았다는 사실을 익히 잘 알고 있기 때문이었다.

이제 경빈진인에게 남은 시간은 별로 없었다.

그는 물었다.

"뭐 또 전해 줄 말은 없고요?"

경빈진인이 답변 대신 확인했다.

"제대로 기억은 한 거지?"

"그야 뭐, 대충은……."

사실은 거의 다 정확히 기억했다.

경빈진인의 심득인 이십사수매화검의 정수는 묘하게도 지난 날 천하삼기의 일인인 귀검 나백의 역천마뢰인처럼 검기의 조화로 환상의 공간을 만드는 면이 흡사해서 설무백은 어렵지 않게 기억할 수 있었다.

경빈진인이 빙그레 웃으며 갑자기 몸을 지탱하고 있던 검의 손잡이를 놓고 정중하게 공수했다.

"고맙네."

설무백은 마주 공수하지 않았다.

마주 공수하는 것보다 그저 묵묵히 바라봐 주는 것이 더욱 공손한 답례라고 생각했다.

경빈진인의 몸이 소멸되고 있었기 때문이다.

그랬다.

경빈진인은 혼백이 떠나고 육신만 남기는 일반적인 죽음이

아니라 소멸되고 있었다.

흡사 바람에 날리는 먼지처럼, 아니, 찌꺼기 하나 남기지 않고 다 타 버리는 나무처럼 스르르 연기로 화해서 사라지고 있었다.

흔히 도가에서 입멸(入滅) 혹은 적멸(寂滅), 또는 천화(遷化)라고 불렀다.

본신의 진기를 한 방울도 남김없이 모조리 다 사용해 버림으로서 육신마저 남기지 않는 죽음이었다.

설무백은 잠시 그대로 서서 미소 띤 얼굴의 경빈진인이 바람에 흩날려서 사라지는 광경을 망연히 지켜보았다.

소리 없이 스며든 공허와 허탈감이 그의 기분을 울적하게 만들었다.

다행이라면 실로 다행스럽게도 마침 그때 뒤따라온 공야무륵과 요미가 그 자리에 나타났다.

"젠장, 또 늦었네!"

바람처럼 조용히 다가와서 시립하는 공야무륵과 달리 요미는 정말 분하다는 듯 오만상을 찡그리며 투덜거리고 있었다.

설무백은 정신을 수습하고 마음을 추스르며 중얼거렸다.

"나도 늦었어."

요미가 어딘지 모르게 무겁게 가라앉은 그의 기분을 느낀 듯 더는 말꼬리를 잡지 않고 함구했다.

전에 없이 오히려 공야무륵이 나섰다.

"그리 많이 늦은 것 같지는 않네요."

설무백은 슬쩍 공야무륵을 바라보았다.

공야무륵은 그가 아니라 저편 바닥에 널브러져 있는 독수마룡 아소부를 바라보고 있었다.

"그저 그런 녀석은 아닌 것 같은데요, 저 녀석?"

설무백은 그제야 깜박 잊고 있던 아소부의 존재를 기억해내고는 무너져 내린 절벽을 바라보며 쓰게 입맛을 다셨다.

"마교총단의 삼공자인 독수마룡 아소부라고 하는 놈이야. 사실 저놈도 결국 무림맹처럼 마교총단의 이공자라는 놈의 음모에 당한 거긴 한데, 저놈도 악질이야. 저놈 때문에 많이 죽었거든."

공야무륵이 물었다.

"아직 살려 두신 이유가……?"

설무백은 아소부의 곁으로 자리를 옮기며 대답했다.

"아직 여러 가지로 여물지 않은 어린놈이라서 그래. 겁도 많고, 살고 싶은 욕망도 아주 강해서 제법 알아낼 수 있는 것이 많을 것 같아."

그는 옆으로 눕혀져 있던 아소부를 바로 눕혔다.

아소부가 적잖게 분노한 눈빛으로 설무백을 노려보았다.

마혈만 점해진 터라 보고 듣는 것은 아무런 문제가 없어서 방금 전 자신을 어린애로 치부하며 무시하는 설무백의 한 말을 전부 다 똑똑히 들은 것이다.

설무백은 상관하지 않고 그런 아소부의 곁에 쪼그리고 앉아서 시선을 맞추며 물었다.

"안 그래?"

아소부가 한층 더 분노에 찬 눈빛으로 설무백의 시선을 마주하며 으르렁거렸다.

"나는 마교총단의 삼공자다! 전쟁 중에도 적장에게 예의를 갖추는 법이거늘, 너는 그런 기본도 모르는 놈이란 말이냐!"

설무백은 대답 대신 피식 웃는 낯으로 공야무륵을 바라보며 말했다.

"내 말이 맞지?"

"그렇긴 한데……."

공야무륵이 고개를 끄덕이며 수긍하다가 이내 두 팔을 걷어붙이고 나섰다.

"아무리 이런 놈이라도 일단 팔이나 다리 하나부터 자르고 시작해야 합니다. 안 그러면 멀쩡한 모습으로 재기할 수 있다는 망상이 들어서 진짜 깊은 얘기는 감추려고 들거든요."

"……!"

아소부의 안색이 사색으로 변했다.

설무백은 그와 상관없이 슬쩍 손을 저어서 공야무륵의 접근을 막았다.

"아니, 괜찮으니까 그냥 둬. 지난 삼 년 동안이나 폐관 수련에 들었던 녀석이라 어차피 마교총단에서 벌이고 있는 심도 깊은 내막은 잘 모를 거야. 내가 알고 싶은 것도 그게 아니고."

공야무륵이 무색해진 표정으로 어깨를 으쓱이며 물러났다.

"주군의 생각이 정 그러시다면야……."

설무백은 특유의 미온한 미소를 입가에 머금은 채로 아소부를 내려다보며 힘주어 말했다.

"내가 너를 통해서 알고 싶은 것은 딱 한 가지뿐이다! 당대 마교주인 천마대제 궁독이 폐관 수련에 든 진짜 마황동의 위치가 어디냐? 그것만 말해 주면 하늘에 맹세코 약속하는데, 지금 당장 이 자리에서 아무런 제약도 없이 너를 풀어 주마!"

아소부가 이유를 모르게 두 눈을 멀뚱거렸다.

설무백의 입장에선 참으로 묘하게 보이는 반응이었다.

놀라거나 당황하는 것도 아니고, 난감해하거나 곤혹스러워하는 기색도 아니었다.

그저 '이게 뭐지?' 하는 모습이었다.

그 상태로, 그는 표정을 풀며 확인하듯 물었다.

"실로 솔직하게만 말해 주면 되는 거지?"

설무백은 어째 묘한 느낌이 들기는 했으나, 그가 바라는 것은 실로 그거 하나였기 때문에 즉시 수긍했다.

"물론이다."

아소부가 자못 음충맞은 기소를 흘리며 대답했다.

"흐흐, 아무래도 경빈 그 늙다리 도사가 그에 대한 얘기를 네게 안 해 준 모양이군. 아무려나, 잘 들어라. 당대 마교주이

자 내 사부이신 천마대제 궁독 어른께서 만일 폐관에 드셨다. 바로 저 위에서 말이다."

설무백은 미간을 찌푸렸다.

말을 끝맺은 아소부의 손가락이 하늘을 가리키고 있었던 것이다.

아소부가 그에 아랑곳하지 하늘을 가리키던 손가락을 내려서 땅을 가리키며 말을 덧붙였다.

"어쩌면 저기에서일 수도 있고."

설무백은 짧게 확인했다.

"이미 죽었다는 거야?"

아소부가 어이없다는 표정으로 설무백을 쳐다보며 말했다.

"이제 보니 겉만 멀쩡한 놈이구나, 너? 대체 너는 마교총단에서 지금처럼 사형제들 간에 목숨을 노리는 알력이 어떻게 가능하다고 생각하는 거냐? 바로 사부님이, 당대 마교주이신 천마대제의 부재로 인해 가능해진 거다. 우리가 말하는 만일 폐관은 바로 귀천을 뜻하는 소리다, 이 말이다."

설무백은 말없이 입맛을 다셨다.

아소부가 사뭇 예리한 눈초리로 그런 설무백을 노려보며 말했다.

"어서 약속 지켜야지?"

"약속은 약속이니까……."

설무백은 어쩔 수 없다는 듯 한숨을 내쉬며 손을 내밀어서

봉쇄했던 아소부의 마혈을 풀어 주었다.

"어서 꺼져! 마음 변하기 전에!"

아소부는 멍하니 설무백을 바라보았다. 귀신에 홀려서 넋이 나간 표정이었다. 설마하니 진짜로 풀어 줄 거라고는 생각하지 못했던 것이다.

그러나 그것도 잠시, 이내 발딱 일어난 그는 뒤도 안 돌아보고 신형을 날려서 장내를 떠났다.

설무백은 그제야 의미심장한 미소를 지으며 멀어지는 아소부의 모습을 지그시 바라보고 있었다.

설무백은 독수마룡 아소부를 풀어 준 다음에도 무너진 가짜 마황동 앞에서 반나절이나 머물렀다.

흑영과 백영이 그제야 도착했기 때문이다.

중원으로 가는 길을 거스르는 도중에 만날 수 있을 테지만, 혹시나 길이 어긋날 수도 있기에 기다린 것이다.

전력을 다한 설무백과 그들의 경신공부는 그 정도의 차이가 있었다.

그런 면에서 볼 때, 공야무륵과 요미의 경신술은 참으로 대단하지 아니할 수 없었다.

물론 설무백이 점창파의 우송과 여진소, 황보세가의 황보강 등의 경우처럼 위기에 처한 사람들을 구하는 와중에 사방에 깔려 있던 혈귀들을 처리하고, 독수마룡 아소부 등 마교의 무리마저 제거해서 경빈진인 등 가짜 마황동을 탈출한 구파 연합의 고수들을 구하느라 한나절 이상의 시간을 허비한 다음이긴 했으나, 그것만으로도 실로 대단한 경지였다.

극강의 내공을 통해서 새로운 차원으로 들어선 설무백의 경신공부는 작금의 천하에서 적수를 찾을 수 없을 정도의 경지인 것이다.

다만 그래서 설무백 등과 조우한 흑영과 백영은 그야말로 죽을 맛이었다.

실로 죽을힘을 다한 까닭에 다리가 후들거려서 제대로 서 있을 수도 없을 정도로 기진맥진, 녹초가 되어 버린 몸임에도 제대로 쉬지도 못하고 곧바로 설무백을 따라 발길을 돌리려 했기 때문이다.

"수련이라고 생각해."

감히 다른 말은 못하고 울상이 되어서 뒤를 따르는 그들을 향해 공야무륵이 건네는 위로 같지 않은 위로였다.

그나마 그들에게 다행인 것은 설무백이 갈 때와 달리 전혀 서두르지 않고 느긋하다는 사실이었다.

이유가 있었다.

돌아가는 길에 마교의 발호로 말미암아 변화된 정세를 살펴보자는 것이 설무백의 뜻이었다.

설무백 등은 그 바람에 하루밖에 안 걸렸던 거리를 사흘에 걸쳐 거스른 다음에야 비로소 하북성의 성 경계를 목전에 두

게 되었다.

몽골초원에서 북평을 연결하는 거의 유일한 통로이면서도, 하북과 산서, 요녕 등, 여러 지역의 관문으로 통하는 요지에 위치한 까닭에 교통의 요지라는 사통팔달(四通八達)의 의미를 가져와서 팔달령(八达岭)이라 불리는 관문이었다.

왠지 모르게 평소와 달리 내내 말수가 적던 요미가 이제 더는 못 참겠다는 표정으로 설무백의 그림자 속에서 튀어나온 것이 그 순간, 저 멀리 팔달령이 시야에 들어왔을 때였다.

"왜죠?"

설무백은 눈을 멀뚱거렸다.

"아닌 밤중에 홍두깨도 아니고, 뭐가?"

요미가 서둘러 물었다.

"아소보인지 아보부인지 하는 애 풀어 준 거요. 걔가 마교 총단의 삼공자, 그러니까 마교주의 셋째 제자라면서요? 그런 애를 왜 그리 대책 없이 그냥 풀어 준 거냐고요?"

"그걸 이제……?"

설무백은 실소했다.

"사흘이나 참다니, 정말 애썼다."

요미가 계면쩍은 표정으로 배시시 웃었다.

"그게 그냥 참으로 했는데, 아무리 생각해도 모르겠어서…… 헤헤……!"

설무백은 새삼 실소하는 참인데, 흑영과 백영이 화들짝 놀라고 있었다.

늦게 도착한 그들은 사정을 모르고 있는 것이다.

"마교주의 셋째 제자를 잡으셨다고요?"

"아니, 그게 아니라 잡았다가 그냥 풀어 주셨다잖아. 그런 거죠, 주군?"

흑영은 그저 놀라고만 있었을 뿐, 말을 한 것은 백영이었다.

아니, 백영이라는 한 몸에 깃든 두 개의 자아, 백가인과 백가환이 주고받는 대화였다.

이제 백영의 육체를 공유하는 백가인과 백가환은 검노에게, 바로 무당마검 적현자에게 사사한 양의심공으로 인해 누구도 잠들지 않고 늘 둘 다 깨어나 있는 것이다.

설무백은 그저 웃으며 슬쩍 공야무륵을 쳐다봤다.

"다들 이러는데, 너는 안 궁금했냐?"

공야무륵이 별말을 다 한다는 듯 심드렁하게 대답했다.

"뭐, 별로요. 주군께서 어련히 알아서 잘 처리했을라고요."

설무백은 어련하겠냐는 듯이 피식 웃는 낯으로 고개를 끄덕이며 슬쩍 요미에게 시선을 주었다.

요미가 자못 단호하게 그의 시선을 외면했다.

"저는 정말 저렇게까지는 못해요."

설무백은 공야무륵과 다른 요미의 의견을 듣고 나자 못내 흑영과 백영의 생각도 궁금해졌다.

그래서 그는 간단하게나마 그들이 오기 전에 벌어졌던 상황을 설명해 주고 나서 물었다.

"흑영, 네 생각은 어때? 너도 궁금하냐?"

흑영이 어색하게 굳어진 표정으로 고개를 저었다.

"아니, 별로요."

"어째서?"

"어째서가 아니라 당연한 겁니다. 이를 악물고 사력을 다했음에도 주군의 곁을 지키지 못했습니다. 당장 내 앞가림도 못하는 주제에 무슨 다른 걸 생각할 겨를이 있겠습니까. 저는 그 시간에 수련이나 더할 랍니다. 명색이 주군의 호위가 언제까지 이럴 수는 없는 일입니다!"

"아……!"

설무백은 너무나도 결의에 찬 흑영의 태도에 더 이상 묻지도 못하고 그냥 납득해 버리며 백영에게 시선을 돌렸다.

"너는? 아니, 가환이 네 생각은 어때?"

백가환의 자아인 백영이 고개를 갸웃하며 대답했다.

"글쎄요? 저는 그냥 놀랍기만 할 뿐, 다른 생각은 별로…… 골치 아픈 건 딱 질색이거든요, 저는. 하하……!"

설무백은 멋쩍게 웃는 백가환의 자아인 백영을 보며 가만히 고개를 끄떡였다.

굳이 비교하자면 공야무륵과 같은 과였다.

그는 다시 물었다.

"그럼 가인이, 너는?"
백가인의 자아인 백영이 어색한 미소를 지으며 뒷머리를 긁적였다.
"저야 뭐 당연히 궁금하죠."
"근데, 그 태도는 뭐야? 궁금하면 당연히 요미처럼 물어봐야 하는 거 아냐?"
"그게 주군의 생각을 어느 정도는 알 것도 같아서요."
설무백은 역시나 하는 마음으로 은근한 미소를 지으며 물었다.
"내 생각에는 어떤 것 같은데?"
백가인의 자아인 백영이 차분하게 대답했다.
"그자도 이번 일에 나선 무림맹의 경빈진인 등과 마찬가지로 마교총단의 이공자라는 자의 음모에 놀아난 거라고 하셨잖아요. 그러니 풀어 주신 거죠."
설무백은 삐딱하게 말꼬리를 잡았다.
"너무 포괄적인 얘기라 납득하기 어려운 말인데?"
백가인의 자아인 백영이 가볍게 웃으며 차분한 어조로 설명했다.
"제 생각엔 아마도 주군께선 애초에 그자를 죽일 생각이 없으셨을 겁니다. 마교는 이미 알게 모르게 중원 전역에 걸쳐 세력을 확장한 상태고, 구대문파를 비롯한 강대 문파에 다수의 간자까지 침투시킨 상황인 데 반해 우리는, 아니, 우리가 아니라 중원의 세력은 마교의 실체에 대해서 아는 것이 거의 없는 상태입니다. 그런 마당에 마교의 내환이 되는 불씨까지 제거해 줄 수는 없는 일이지요."

설무백은 만족한 미소를 흘렸다.

과연 짐작대로 지략가의 머리를 가진 백가인은 그의 속내를 정확히 꿰고 있는 것이다.

그는 슬쩍 요미에게 시선을 주었다.

요미가 머쓱하게 입맛을 다시며 그의 시선을 회피했다.

"난 또 오빠가 쓸데없이 너무 약속에 목메는 것 같아서 짜증이 났는데, 그런 거였군."

설무백은 지나가는 말처럼 나직이 말했다.

"약속도 중요하지."

요미가 다시 고개를 돌려서 찌푸린 눈으로 설무백을 바라보았다.

설무백은 힘준 목소리로 한마디 덧붙였다.

"하지만 나는 필요하다면 그 누구와의 약속도 무시하고 얼마든지 깨트릴 거다!"

요미가 활짝 웃으며 엄지손가락을 치켜세웠다.

"엄청 멋져!"

설무백은 손을 내밀어서 그녀의 머리를 콩, 하고 쥐어박았다. 그녀로서는 뻔히 보면서도 피할 수 없는 손속이었다.

"아얏!"

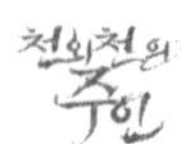

설무백은 두 손으로 머리를 부여잡으며 물러나는 그녀를 향해 자못 냉정한 어조로 쏘아붙였다.

"내가 그런 잘못된 생각을 할 때, 적극적으로 말리고 막아주는 사람이 되어야 한다! 그래야 올바른 동료고, 제대로 된 식구인 거다!"

요미가 머리를 비비며 두 눈을 치켜뜨고 쳐다보다가 진중하게 가라앉은 설무백의 눈빛을 마주하고는 찔끔해서 물러났다.

"알았다, 뭐! 앞으로 그렇게 하면 되잖아!"

설무백은 뾰로통한 얼굴일망정 서둘러 수긍하고 인정하며 물러나는 그녀의 태도가 앙증맞게 귀여웠으나, 애써 내색하지 않았다.

적어도 그녀의 훈육에 관해서는 그 정도의 냉정함이 필요했다.

여차해서 틀어질 경우 그녀는 천하의 그 누구보다도 지독하고 악독한 마녀가 될 수 있는 가능성을 가지고 있는 것이다.

그때 공야무륵이 물었다.

"재들은 어떻게 할까요?"

저 멀리 팔달령의 능선이 보이는 자리, 숲으로 들어서기 직전에 자리한 비탈길의 전면이었다.

일단의 사내들이 여기저기 자유분방하게 흩어져서 앉아 있었다.

설무백은 이미 공야무륵보다 먼저 그들의 존재를 인지하고 있었기 때문에 대수롭지 않게 물었다.

"몽고족(蒙古族) 애들인가?"

"그런 것 같습니다만……?"

공야무륵이 미간을 찌푸리며 고개를 갸웃했다.

"아무리 봐도 이쪽 팔달령을 넘어가려는 길손을 노리는 마적들로 보이는데, 어째 제가 아는 녀석들이 아닌 걸요?"

최근에 알게 된 사실이지만, 공야무륵은 의외로 세외와 관외의 세력들에 대해서 해박한 지식을 가지고 있었다.

그건 그가 태생이 세외라는 것도 있지만, 그에 앞서 주로 변방에 속하는 도시를 떠돌며 유랑 생활을 하던 낭인 출신이라는 이유가 더욱 지대할 것이다.

"네가 아는 녀석들은 누군데?"

"여기 팔달령 외각 지역은 서쪽으로 가장 가까운 도시인 호화호특(呼和浩特)과 동쪽으로 가장 가까운 도시인 석림호특(錫林浩特)의 중간 정도 됩니다. 그래서 전부터 호화호특의 남부에 자리한 요산(夭山)이 본거지인 요귀대(妖鬼隊)와 석림호특의 서부에 자리한 백곡(白谷)이 본거지인 백령대(白靈隊)가 반분하고 있습니다."

"그런데, 쟤들은 그 둘 중 어디도 아니다?"

"예. 게다가 실상 요상이나 백곡 애들도 여기까진 나오지 않습니다. 대외적으로 중립지대라 서로 간에 충돌을 없애려는 노력이라고 하는데, 사실은 그게 아니라 여긴 아무래도 북평과 가까운 지역이라 걔들도 겁이 나는 거죠."

의외의 이름이 나와서 설무백은 절로 고개를 갸웃거렸다.

"북평과 가까워서?"

"전부터 왕부의 어른께서 아주 지독하게 구셨거든요."

"형님이?"

설무백은 이채로웠다.

공야무륵이 소상한 부연을 추가했다.

"십여 년쯤이죠, 아마? 걔들이 여기 일대에서 얼쩡거리며 싸움도 벌이고 지나가던 길손을 털고 했는데, 실수로 사람을 죽이는 바람에 여기 일대는 물론이고 놈들의 본거지인 요산과 백곡까지 아주 탈탈 털린 적이 있습니다. 하필이면 죽은 사람이 왕부의 뒷마당을 쓰는 마당쇠의 조카였거든요."

"……형님께서 왕부의 앞마당도 아니고 뒷마당을 쓰는 마당쇠의 조카 때문에 병력을 일으켰었다고?"

"예."

"한마디로 건수를 잡으려는 핑계였다, 이거군."

"그렇죠."

공야무륵이 바로 인정하며 덧붙였다.

"놈들도 그걸 아니까 더욱 이쪽 지역에는 얼씬도 못하는 겁니다. 제아무리 사소한 일이라도 왕야의 눈에 거슬리면 끝장이라는 거니까, 아예 눈에 안 띄려고 오질 않는 거죠."

설무백은 거리가 가까워지자 슬슬 자리를 털고 일어나기 시작하는 비탈길의 사내들을 바라보며 쓰게 입맛을 다셨다.

"그럼 쟤들은 대체 누구라는 거야?"

공야무륵이 사뭇 예리한 대답을 내놓았다.

"저놈들이 누군지는 모르겠지만, 분명 요귀대와 백령대의 애들이 아닌 것만은 틀림없으니, 마교의 발호로 인해 그놈들의 세계도 막대한 변화가 생겼다는 뜻일 겁니다. 오시면서 확인하셨다시피 말입니다. 난세가 되면 영웅호걸, 기인이사들은 녹림으로 숨어든다고 하질 않습니까. 지금은 왕조가 흔들릴 정도로 엄청난 난세이니, 도적의 두목 따위야 얼마든지 하루아침에 바뀔 수 있는 일이지요."

설무백은 새삼 공야무륵이 미욱해 보일 뿐, 사실은 더 없이 심도 깊은 사람이라는 사실을 깨달으며 절로 고개를 끄덕였다.

"과연 그렇겠군."

공야무륵이 그제야 본래의 모습을 되찾은 것처럼 미욱해 보이는 표정으로 씩 웃으며 도끼 자루를 잡아갔다.

"죽일까요?"

설무백은 대답에 앞서 어느새 삼삼오오 짝을 지으며 길가로 나서고 있는 사내들의 기색을 살펴보았다.

마기는 느껴지지 않았다.

대신에 그에 못지않은 살기가 충만했다.

'빠르고 늦음의 차이만 있을 뿐, 달라지는 것은 없다는 걸까?'

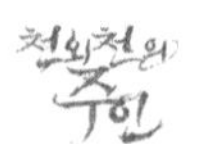

설무백은 절로 한숨이 나왔다.

그럴 수밖에 없는 것이, 그는 이곳으로 오는 동안 자신이 실로 전생에 보았던 난세에 살고 있다는 사실을 두 눈으로 충분히 확인했다.

대체 얼마나 많은 영웅호걸과 기인이사들이 녹림으로 숨어들었는지는 모르겠으나, 그는 물경 이십 차례가 넘는 떼강도, 마적들을 상대해야 했을 정도로 작금의 세상은 곳곳에 도적들이 넘쳐나는 난세였다.

그런데 그는 아직도 환생한 자신의 존재로 인해 역사의 흐름이 어떻게 변화할지 확신할 수가 없는 것이다.

다만 작금의 세상이 왕조가 흔들릴 정도의 난세라는 것은 공야무륵보다 그가 더 잘 알고 있는 사실이었다.

그런 그가 보란 듯이 살기를 드러내는 떼강도들 앞에서 공야무륵의 말에 반대할 이유는 전혀 없었다.

"죽여!"

호기롭게 건들거리며 설무백 일행의 앞을 막아선 떼강도의 숫자는 서른두 명이었고, 그들은 다들 눈빛의 살기가 예사롭지 않는, 즉 칼 밥을 먹고 살며 사람깨나 죽여 본 자들이었다.

그리고 개중에는 황당하게 강호 무림에서 엄청난 명성을 구가하는 고수도 있었다.

그들의 대장 노릇을 하던 자가 그랬다.

"이름?"

"하완(河梡)입니다."

"하완? 혈음도(血飮刀)를 쓴다는 그 하완?"

무릎을 꿇고 고개를 숙인 채 설무백의 질문에 대답하던 떼강도들의 대장, 적포사내의 얼굴이 붉어졌다.

자기 입으로 말하기가 창피하고 수치스러운 모양인데, 그래도 대답할 수밖에 없을 터였다.

삼십여 명의 수하들이 고작 한 사람, 공야무륵에게 불과 서너 수만에 절반은 피 떡이 되어서 죽고, 나머지 절반은 자진해서 바닥에 코를 박고 엎드려서 눈치만 보고 있는 것이 작금의 상황인 것이다.

"그, 그렇습니다."

설무백은 어색하게 끔뻑거리는 눈으로 적포사내, 혈음도 하완을 바라보았다.

실로 예상하지 못한 의외의 인물이었다.

혈음도는 피를 마신다는 십대 기문 병기의 하나이며, 그것을 사용한다고 알려진 하완은 정사지간의 고수를 대변하는 이십팔숙의 한 사람이었다.

하지만 설무백은 이내 깨달으며 실소했다.

정사지간의 고수인 혈음도 하완은 백순의 고령인 데 반해 지금 그의 눈앞에 고개 숙인 적포사내는 많게 봐도 서른 중반밖에 안 되어 보였다.

그는 하완의 머리를 주먹으로 세게 한 대 쥐어박았다.

"이 자식이 어디서 약을 팔아!"

"윽!"

두 손으로 머리를 감싸며 신음한 적포사내가 이내 고개를 쳐들고 발끈했다.

"거짓말 아닙니다! 사실이에요! 조부께서 그렇게 당신 이름과 별호를 그대로 물려준 건데, 나보고 어쩌라고요!"

"응?"

설무백은 이건 또 무슨 소린가 싶어서 눈을 끔뻑이며 적포사내 앞에 쪼그리고 앉았다.

"네가 혈음도 하완의 친손자라는 거냐, 지금?"

적포사내가 머리를 맞은 게 엄청나게 아팠던지 찔끔 흘러나온 눈물을 닦으며 신경질적으로 대답했다.

"예, 그래요! 어쩌다 보니 그렇게 태어났더라고요!"

"씌……!"

설무백은 사나운 혓소리를 내며 한 대 더 칠 것처럼 손을 쳐들었다.

적포사내가 찔끔해서 자기 손으로 자기 입을 막으며 자라목을 했다.

설무백은 새삼 어이없다는 표정을 지으며 적포사내의 전신을 훑어보다가 불쑥 손을 내밀어서 그가 항복의 증표로 무릎 앞에 내려놓은 칼을 들고 일어나서 손가락으로 가볍게 튕겼다.

쨍-!

날카로운 쇳소리가 나며 칼이 격렬하게 진동하더니, 이내 여러 조각으로 부러져 버렸다.

적포사내가 가지고 있던 칼은 혈음도가 아니었던 것이다.

설무백은 손잡이만 남은 그 가짜 혈음도를 적포사내의 면전에 던지며 불신에 찬 눈빛을 드러냈다.

"사실이 그렇다면 혈음도는 왜 안 가지고 있는 거야? 설마 십대기문병기의 수좌라는 혈음도를 살기 힘들다고 엿 바꿔 먹었냐?"

이십팔숙의 하나인 혈음도 하완의 이름과 별호를 계승한 손자라는 적포사내가 새삼 발끈한 눈초리로 고개를 쳐들었다.

그러고는 심도 깊은 설무백의 눈빛과 마주치자, 대번에 풀이 죽어서 시무룩한 한숨을 내쉬며 대답했다.

"받지 못했으니까 없을 수밖에요. 사 년 전에 돌아가실 때 얼핏 들은 얘기라 저도 믿기 어렵지만, 소림속가인 패검이룡 종리매와 무슨 내기를 해서 지는 바람에 빼앗겼답니다."

실로 점점 더 가관이었다.

여기서 또 갑자기 소림 속가 제일인으로 평가받는 패검이룡 종리매의 이름이 왜 나온단 말인가.

설무백은 여전히 믿을 수가 없어서 한층 더 미간을 찌푸리며 다그쳤다.

"혈음도는 그렇다 치고, 혈음도법(血飮刀法)은 왜 못 배운 건데? 혹시 몰라서 미리 경고해 두는데, 아까 네놈이 펼친 그 허접한 칼질을 혈음도법이라고 우기면 아주 때려 죽인다, 정말!"
적포사내가 사뭇 단호한 설무백의 경고를 듣고도 같은 얘기로 우겼다.
"그래도 어쩔 수 없습니다. 조금 전에 제가 펼친 도법이 혈음도법 맞으니까. 나도 왜 그런지는 모릅니다. 다만 조부 말씀이 원래 그렇답니다. 혈음도가 아닌 다른 칼로 펼치는 혈음도법은 허접한 삼류 도법에 불과하대요."
설무백은 실로 같잖다는 표정으로 눈을 부라리다가 문득 뇌리를 스치는 무언가가 있어서 물었다.
"혹시 네 조부가 그게, 그러니까 혈음도가 살아 있다고 하지 않던?"
적포사내가 황당하다는 표정으로 설무백을 쳐다봤다.
"그걸 어떻게 알고 있죠?"
"다 아는 수가 있지."
설무백은 이제야말로 확신을 가지고 재우쳐 물었다.
"아무려나, 뭐라고 하셨는지 말해 봐."
적포사내가 이건 말을 하는 자기도 도저히 믿기 어려운 얘기라는 듯 떨떠름한 표정으로 조부의 말을 털어놓았다.
"혈음도는 혼(魂)이 깃든 무기라고 하더군요. 그래서 아무나 쥐는 것을 허락하지 않고, 자신이 주인으로 인정한 사람에게만 쥐는 것을 허락한답니다. 소위 생명체처럼 의지를 가지고 주인을 고르는 병기라는 건데, 우리 가문의 피가 그 녀석과

연결되어 있답니다."

"혈음도가 네 가문의 핏줄만 주인으로 받아들이는 정령(精靈)이 깃든 기문병기다?"

"예, 믿거나 말거지만, 그렇답니다. 게다가 우리 가문의 핏줄도 마음에 안 차면 내친다고 하네요. 저의 아비가 그래서 죽었다고. 물론 저는 다 믿지 않고 있는 얘기입니다만, 조부의 말씀은 그렇습니다."

"좋아."

설무백은 웃는 낯으로 고개를 끄덕였다.

사정을 설명한 상대, 적포사내가 오히려 어이없는 표정을 지을 정도로 그는 모든 것을 믿는 표정이었다.

아니, 그만이 아니라 공야무륵과 요미는 물론, 암중의 흑영과 백영도 적포사내의 말을 믿는 기색이었다.

그럴 만한 이유가 있었다.

실제로 그와 같은 무기가 풍잔에 있는 것이다.

화사가 사용하는 절대 암기 비환이 바로 그렇지 않은가.

게다가.

"확인해 보면 알겠지."

설무백의 말이었다.

마침 그는 적포사내가, 바로 조부의 이름과 별호를 그대로 물려받았다는 혈음도 하완이 언급한 소림속가 패검이룡 종리매와 매우 깊은 인연을 맺고 있었다.

그리고 또한 우연치고는 참으로 묘한 인연인 것이 그는 이번 참에 북평의 왕부를 들러볼 생각을 하고 있었던 것이다.

"너희들은 죽은 자들을 곱게 묻어 주고 여기를 떠나라. 그리고 다시는 이따위 짓을 하다가 내 눈에 띄지 마라. 그럼 어떻게 된다는 건지는 말해 주지 않아도 잘 알리라 믿는다. 실시!"

설무백의 말이 끝나기 무섭게 바닥에 코를 박은 채 눈치를 보고 있던 사내들이 후다닥 일어나서 장내를 빠르게 정리하기 시작했다.

와중에 적포사내, 하완은 얼빠진 모습으로 일어나서 설무백의 소매에 매달리며 물었다.

"저기, 지금 정말 제 말을 믿는다는 겁니까?"

설무백은 그저 씩, 웃는 낯으로 불쑥 되물었다.

"내가 혈음도를 찾아서 주면 어떻게 보답할래?"

하완이 잠시 입을 다문 채 반신반의하는 눈치로 설무백을 살피다가 이내 작심한 표정으로 바닥에 넙죽 엎드렸다.

"이 짓도 가문의 보물인 혈음도를 찾기 위해서 하는 거였습니다! 혈음도만 찾아주신다면 부족하고 어리석으나 제 남은 인생을 대협에게 맡기도록 하겠습니다!"

설무백은 만족한 표정으로 고개를 끄덕이며 공야무륵을 향해 발길을 재촉했다.

"가자. 날이 저물기 전에 북평부에 도착해야 전과 같은 실례를 범하지 않을 테니, 서두르자."

하완이 어리둥절한 표정으로 고개를 들었다.

그도 그럴 것이, 지금은 정오를 지난 무렵이고, 그들은 하북성의 북부 끝자락 너머인 팔달령의 초입에 있었다.

날이 저물기 전에 북평부로 입성한다는 것은 그들이 새로 변해도 가당치 않은 일인 것이다.

하지만 그게 가당치 않은 것이 전혀 아니었다.

설무백의 말대로 그들은 날이 저물기 전에, 정확히는 땅거미가 늘어지기 시작한 무렵에 북평부로 입성했다.

그것도 전시와 마찬가지로 사방팔방, 요소마다 깔려 있는 병사들의 시선에 단 한 번도 띄지 않았다.

하완은 그 때문에 뭉그러진 짐짝처럼 공야무륵의 등에 엎어진 상태로 그 무서운 이동 속도를 감당하느라 심장이 완전히 오그라들었고, 북평부에 도착해서 바닥에 내려지기 무섭게 이틀 전에 먹은 만두까지 전부 다 게워 내는 토악질을 해야 했지만 말이다.

그러나 설무백은 그 정도는 별로 거슬리지 않았다.

처음 경험해 보는 일도 아니라 그저 웃어넘길 수 있었다.

지난날 난주의 지부대인 병무인의 경우에 비하면 하완은 약과였던 것인데, 그래서 정작 설무백의 눈에 거슬린 것은 따로 있었다.

왕부의 대문을 지키는 젊은 수문장의 태도가 그랬다.

"잘못 찾아온 건 아닌가?"

설무백이 토악질을 끝낸 하완을 데리고 왕부에 도착했을 때였다.

대문을 지키고 있다가 설무백의 앞을 가로막고 나선 젊은 수문장의 태도는 실로 불손하기 짝이 없었다.

설무백을 알아보지 못한다는 거야 얼마든지 있을 수 있는 일이지만, 사람을 대하는 태도 자체가 너무 고압적이었다.

설무백 등이 적잖은 시간동안 노숙을 하느라 제대로 씻지도 못한 까닭에 말이 아니게 초라한 행색임을 감안하더라도, 다짜고짜 하대라니, 기본적인 예의도 없는 자였다.

설무백은 굳이 불편한 기색을 감추지 않으며 상대를 살펴보았다.

상대, 준수한 얼굴의 청년인 수문장은 장수가 아니었다.

검붉은 비단 제복과 같은 색의 가죽신까지 차려 신은 행색에, 한 오라기의 수염도 없는 얼굴을 가진 환관, 바로 동창(東廠)의 위사였다.

그러고 보니 그를 보좌하고 있는 사내들도 병사가 아니라 왼쪽 가슴에 금빛 수실로 제(薺)라는 글자를 세긴 사내들이었다.

제란 검은빛을 띤 붉은 색을 의미하고, 바로 그처럼 검붉은 제복을 입은 동창의 위사를 제기(薺騎)라 부르는데, 그들이 바로 통상적으로 번역이라 부르는 위사들인 것이다.

'역시나 북평부의 상황도 그리 좋지 않다는 뜻인가?'

아마도 그럴 것이다.

일개 문지기들까지 동창의 위사들로 교체했다는 것은 결코 가볍게 치부하고 넘길 문제가 아니었다.

그러나 아무리 그래도, 아니, 그렇기 때문이라도 이건 그냥 넘어갈 수 없었다.

사람을 알아보지 못하는 수문장은 조직에 크나큰 누를 끼칠 수 있었다.

그는 냉정하게 마음을 다잡으며 말했다.

"아니, 제대로 찾아온 거다. 왕야에게 볼일이 있어서 왔으니, 어서 안에 기별을 넣어라."

수문장, 얼추 동창의 당두급으로 보이는 환관은 매우 불쾌하다는 듯 노골적으로 인상을 썼다.

사실 그는 오래전부터 연왕의 특별 지시 아래 모처에서 교육을 받다가 이번에 처음으로 실전에 배치되었고, 그것도 위사를 거치지 않고 바로 이급당두의 자리에 올라선 일종의 특채였다.

즉, 의욕은 더 없이 충만하고 스스로의 실력에 대해서도 상당한 자부심을 가지고 있는 사람인 것이다.

한마디로 그는 상대가 그 누구라도 약하게 나갈 생각이 전혀 없는 사람인 것인데, 그런 그에게 어디서 굴러먹다가 무엇을 얻어먹으려고 찾아왔는지는 몰라도, 때 구정물이 줄줄 흐르는 얼굴에 먼지가 풀풀 날리는 남루한 행색의 방문객에게 곱게 나갈 말이 있을 리 없었다.

그런데 감히 싸가지 없이 반말로, 그것도 언감생심 왕야까지 들먹이며 말대꾸를 한 것이다.

그는 보란 듯이 크게 부라린 눈으로 설무백 등의 남루한 행색을 위아래로 훑어보며 비웃었다.

"무슨 볼일?"

'너 따위가?'라는 말은 실로 지고지순한 인내를 발휘해서 참은 것 같았다. 설무백을 노려보는 눈빛에 당연히 그렇게 느껴질 정도의 살기가 감돌고 있었다.

설무백은 그걸 무시하며 씩 웃다가 불쑥 되물었다.

"이름이 뭐지?"

수문장이 같잖다는 듯 쳐다보며 대꾸했다.

"동창의 이급당두 소상(少商)이다, 왜?"

수문장이 코웃음을 치며 대꾸하고는 같잖다는 듯이 쳐다봤다.

이름은 알아서 어쩔 거냐는 식의 도발적인 대꾸인 것이다.

공야무륵이 더는 참지 못하고 앞으로 나섰다.

"죽일까요?"

설무백은 이 정도면 많이 참아서 참으로 기특하다는 표정으로 공야무륵의 어깨를 두드려 주며 뒤로 내몰고 수문장 소상에게 시선을 주었다.

"그래, 동창의 이급당두 소상. 혹시 너 귀가 먹었냐? 내가 왕야에게 볼일이 있다고 했지? 네가 왕야냐?"

공야무륵의 격렬한 기세에 흠칫 놀랐던 동창의 이급당두 소상은 이번에는 적잖게 당황했다.

그리고 이내 그 당황이 분노로 바뀌어서 폭발했다.

감히 자신이 왕야를 사칭했다는 식으로 덤터기를 씌우는 설무백의 태도를 용서할 수가 없었던 것이다.

"아니, 이 새끼가 감히 어디서……!"

와중에도 소상이 칼을 뽑지 않고 굳이 주먹을 휘두른 것은 자신이요, 자만이었다.

이따위 허접한 놈은 맨손으로도 충분하다는 것이 그의 생각이었다.

설무백은 그런 상대, 소상의 생각까지 읽으며 제자리에 선 자세 그대로 손을 뻗어 냈다.

그것도 슬쩍 다른 손을 들어서 반사적으로 나서려는 공야무륵을 제지하며 뻗어 낸 손이었다.

아무런 격식도 없이 그냥 얼떨결에 무작정 내민 것 같은 그런 그의 손바닥이 번개처럼 달려들며 휘두른 소상의 주먹을 막았다.

팍-!

둔탁한 소음과 동시에 소상이 뒤로 물러나서 오만상을 찡그리며 앞서 휘둘렀던 주먹을 가슴에 품었다.

강철벽을 후려친 것 같은 고통이 느껴졌던 것이다.

그는 한껏 일그러진 얼굴로 설무백을 바라보았다.

하지만 설무백은 그저 아무렇지도 않게 그 자리에 서서 바라볼 뿐이었다.

주변의 수하들도 뭐지 하는 표정, 이상하다는 빛이 서린 눈으로 그를 바라보고 있었다.

"놈!"

소상은 이를 악물고 노호를 터트리며 다시 달려들었다.

어느새 뽑아 든 검이 그의 수중에서 싸늘한 빛을 발했다.

이제야말로 그는 상대, 설무백을 죽여 버리겠다는 생각을 한 것인데, 빨랐다.

그리고 예리했다.

하물며 검극에 서린 빛은 강철도 무리 없이 베어 버릴 검기성강의 기운이 분명해서 어지간한 사람도 뒤로 물러나서 피하는 것밖에는 다른 도리가 없어 보였다.

그러나 설무백은 오히려 앞으로 나섰다.

공수입백인(空手入白刃)이라는 수법이 있는데, 맨손으로 무기를 든 사람을 상대하는 것을 가리키는 말이다.

그리고 문파별로 혹은 지역마다 조금씩 다른 형태이긴 하나, 기본적인 목적과 수단은 적의 무기를 피해서 물러나거나 달아나지 않고 마주서서 혹은 오히려 상대의 사각으로 파고들어서 반격하는 것이 일반적인 공수입백인의 수법이다.

지금 설무백의 동작이 그와 정확하게 일치했다.

그는 빠르고 신랄하게 쇄도하는 검극을 스치듯 피하며 앞으로 한 발짝 나아가서 소상의 가슴팍에 달라붙었다.

그 순간에 그의 손은 잡은 손목을 잡아챘고, 그의 발끝은 검을 잡은 손목이 당겨짐으로 해서 자연히 앞으로 기울어지고 있는 소상의 발목을 받쳤다.

한 치의 낭비도 없이 완벽한 수법이었다.

"헉!"

소상의 몸이 붕 떠서 설무백의 머리를 타고 넘어갔다.

설무백은 그런 소상의 신형을 따라서 돌면서도 끝내 손목을 놓지 않고 있었기 때문에 소상은 여지없이 그의 발치에 등부터 처박혔다.

설무백은 그제야 잡고 있던 소상의 손목을 놓아주었으나, 대신에 발로 소상의 목을 밟아서 눌렀다.

그러고는 와중에도 소상이 애써 놓지 않고 있던 검을 뺏어 들고는 한 손가락으로 검신을 튀겼다.

쨍─!

검은 격렬하게 진동하다가 산산조각으로 변해서 흩어졌다.

설무백의 발에 목을 짓눌리고 있던 소상이 악에 받친 목소리로 외쳤다.

"죽여라! 당장에 이놈을 처치해!"

그러나 졸지에 벌어진 상황에 당황하고 있던 나머지 동창의 위사들은 그대로 꼼짝도 하지 않고 있었다.

마침 그때 대문의 저편, 전각과 전각 사이의 소로를 빠르게 빠져나오며 일단의 무리가 있었고, 그 무리의 선두에 나선 사내 하나가 그들, 위사들을 향해 진정하고 물러서라는 듯 연신 두 손을 내젓고 있었기 때문이다.

"오셨습니까, 도련님."

이내 도착해서 설무백을 향해 어색한 미소를 흘리면서도 정중히 공수하는 그 사람은 바로 왕인이었다.

천의무봉天衣無縫 (5)

"……도련님?"

설무백이 다가서는 무리의 선두가 왕인임을 보고나서 발로 밟고 있던 소상의 목을 슬쩍 놓아준 다음이었다.

길길이 날뛸 것처럼 시뻘겋게 달아오른 얼굴로 발딱 일어난 소상이 설무백을 향해 공수하는 왕인의 존재를 확인하고는 두 눈을 동그랗게 떴다.

"이자가 설인보의 양자라고……?"

왕인의 안색이 변했다.

설무백이 설인보, 설 장군의 양자라는 것은 엄연한 사실이나, 다른 사람이 마음대로 입에 올려도 좋을 얘기는 아니었다.

게다가 당사자의 면전에서 입에 담는 것은 대단히 실례가 되는 행동인 것인데, 하물며 지금 소상은 감히 존칭도 없이 설 장군의 이름을 호명했다.

실수에 실수가 더해진 것이다.

아니나 다를까, 슬쩍 삐딱해진 고개로 소상을 바라보는 설무백의 눈빛이 여태까지와 달리 서릿발처럼 싸늘하게 변했다.

"도련님!"

왕인은 다급히 설무백을 불렀다.

좋을 때는 한없이 좋다가도 아니다 싶으면 천하의 그 누구보다도 단호하게 바뀌는 설무백의 성정을 익히 잘 알기 때문이었다.

이 정도의 실수로 동창의 이급당두를 죽도록 내버려둘 수는 없었다.

그런데 다행이었다.

"멍청한 자식! 감히 어느 안전이라고 그따위로 입을 함부로 놀리는 게냐!"

마치 숨어 있는 것처럼 왕인의 뒤쪽에 웅크리고 서 있던 사내 하나가 발끈하고 나서더니, 소상의 뺨을 후려갈겼다.

짝—!

"억!"

경쾌한 타격음과 함께 비명을 내지른 소상의 고개가 사정없이 옆으로 돌아갔다.

소상의 입술이 터지고, 이가 부러져 나갈 정도로 호된 가격

이었다.

두 손으로 자신의 턱과 뺨을 부여잡으며 반사적으로 고개를 돌려서 상대를 바라본 소상의 안색이 파랗게 질려 버렸다.

상대가 다른 아닌 동창의 외람첩형 곽승이었기 때문이다.

"처, 첩협……!"

"닥치고, 물렀거라!"

소상이 시키는 대로 함구하며 물러났다.

곽승이 그제야 설무백을 향해 더 없이 정중하게 공수했다.

"오셨습니까, 비공."

기가 죽어서 물러난 소상의 얼굴이 새삼 새파랗게 질렸다.

그도 설무백이 비공인 줄은 모르지만, 비공이 누군지는 아는 것이다.

곽승이 그런 소상을 슬쩍 일별하며 아쉬움을 드러냈다.

"미리 신분을 밝히셨으면 좋았을 것을요."

설무백은 적잖게 머쓱했다.

곽승의 은근한 질책 때문이 아니라 왕인과 함께 나타난 곽승이 왕인의 뒤에 서 있어서 숨은 것처럼 보인 것이 아니라 실제로 왕인의 뒤에 숨어서 따라왔다는 것을 알고 있었기 때문에, 그리고 그 이유도 모르지 않았기 때문에 그랬다.

곽승은 지난날 그에게 그야말로 만신창이가 되도록 두들겨 맞은 사건으로 인해 아직도 주눅이 들어 있는 것인데, 그래도 그는 할 말은 해야 했다.

"연락받고 나온 거야?"

"예?"

"지금 저 친구가 연락해서 나온 거냐고?"

소상을 두고 묻는 말이었다.

곽승이 이제야 알아듣고 고개를 저었다.

"아닙니다. 대문에서 소란이 일어났다는 망루의 보고를 받아서 나선 길이었습니다."

설무백은 왕부에 전에 없던 망루까지 세워져 있다는 소리에 생각보다 왕부의 대처가 치밀하다는 생각이 들었으나, 애써 내색을 삼가며 하던 얘기를 마저 끝맺었다.

"요즘 같은 시국에 왕부의 수문장이 이렇게나 사람을 알아보지 못하면 어쩌자는 거야?"

곽승은 영리한 사람답게 바로 사태를 인지했다.

매서운 눈초리로 소상을 일별한 그는 깊이 고개를 숙이며 말했다.

"알겠습니다. 바로 처리하도록 하겠습니다. 제법 영민한 아이인데, 그런 쪽으로는 재주가 없었나 보니, 망루에 세우도록 하지요."

"나쁘지 않은 처우네."

설무백은 두말없이 수긍하자, 곽승도 두말없이 정중하게 공수하고 나서 왕인의 어깨를 툭 쳤다.

"전하께는 왕 형이 안내해 주시오. 본인은 여기 일부터 처리하고 뒤따르겠소."

왕인이 여부가 있겠냐는 표정으로 고개를 끄덕이고는 설무백을 향해 길을 열었다.

"가시지요."

설무백은 뒤로 물러나 있던 공야무륵과 혈음도 하완을 일별해서 따라오라는 신호를 하며 나직이 물었다.

"저 인간, 저리 고분고분해진 거 저번 일 때문에 그런 거지?"

"아무래도 그렇죠. 그날 이후 제게도 깍듯해졌어요."

어색한 미소를 흘리며 대답하던 왕인의 표정이 묘하게 변했다.

"그나저나……?"

"머리 얘기는 나중에, 어쩌다 보니 이렇게 됐어."

설무백은 왕인의 시선이 자신의 백발머리에 고정되었음을 보고 재빨리 말을 자르며 하려던 말을 계속했다.

"그보다 강자에게 넙죽 엎드리는 녀석이면 곤란한데."

왕인이 고개를 끄덕였다.

"그렇죠. 그럼 곤란하죠. 적이라도 강하기만 하면 얼마든지 아군을 배신할 종자가 그런 종자니까요."

그리고 웃는 낯으로 고개를 저었다.

"하지만 곽 첩형은 그런 부류는 아니니 걱정 마십시오. 실로 어지간해서는 절대 꺾이지 않는 독종이거든요."

"그래?"

"의외라는 눈치시네요?"

"아무래도 그렇지. 몇 대 두들겨 팼더니, 저리 바뀌었잖아."

"그건 아닐 겁니다. 곽 첩형은 그게 무엇이든 자기가 이해하고 납득해야 인정하는 성격인데다가, 더 없는 충견처럼 절대 주인을 바꾸지 않는 부류입니다."

"그럼 재가 저러는 게 내게 굴복하고 인정해서가 아니라는 소리네?"

"예. 저치가 저러는 건 다 전하 때문일 겁니다. 즉, 전하께서 도련님에 관해 엄중한 경고를 했다는 뜻이죠."

설무백은 고개를 끄덕이며 웃었다.

"그렇다면 괜찮네. 믿음이 좀 가."

왕인이 따라 웃으며 동의했다.

"아무래도 그렇죠? 사실 저도 그래서 요즘 저치를 좋게 보고 있습니다."

설무백은 내심 왕인이라면 그럴 수 있겠다 싶어서 자못 미소를 흘리다가 이내 화제를 바꾸었다.

"그보다 지금 형님에게 가는 거지?"

"예?"

왕인이 어리둥절하다가 이내 형님이 누구를 말하는지 깨닫고는 서둘러 다시 대답했다.

"아, 예, 그렇죠."

설무백은 발길을 멈추며 말했다.
"그 전에 다른 사람부터 좀 만나자."
"누구요?"
"장형천호. 아, 물론 영내에 있으면."
"마침 있습니다."
왕인이 두 말없이 방향을 틀며 안내했다.
"이쪽으로 가시죠!"

왕부의 서쪽이었다.
싸리나무를 엮어서 만든 낮은 담장 안으로 작은 정원이 있고, 작은 물고기들이 헤엄치는 연못과 사람의 손길로 정리된 텃밭과 키 작은 나무들 사이로 자리한 정자, 방 세 칸짜리 아담한 모옥이 패검이룡이라는 별호 아래 소림속가제일인이자, 북평부의 연왕이 자신만의 특무기관으로 창설한 동창의 무력을 주도하는 장형천호 종리매의 거처였다.
설무백이 거기 도착했을 때, 종리매는 텃밭에 나와서 앉아 있었다. 혼자가 아니었다.
모옥의 앞마당격인 텃밭의 정자에 마주앉아서 담소를 나누는 사람이 있었다.
분을 바른 것처럼 하얀 얼굴에 갸름하게 빠진 턱, 피를 머금은 것처럼 붉은 입술, 가늘고 긴 눈썹을 가져서 묘한 분위기를 풍기는 사내, 동창의 내람첩형인 환관 당소기였다.

"아니, 이게 누구요? 설 공자가 아니오?"

"오셨습니까? 오랜만에 뵙겠습니다, 비공."

종리매와 당소기는 더 할 수 없이 반갑게 설무백을 맞이했다.

왕부의 사방에 새롭게 설치된 망루는 차치하고, 자신은 더 없이 은밀하게 행동하면서도 상대의 은밀한 행동은 절대 용납하지 않는 동창의 위사들이 사방에 깔려 있는 왕부에서 아직도 그의 방문을 모르고 있었다는 것은 말이 안 되는데, 정말 아무것도 모르고 있다가 맞이한 사람들처럼 행동하고 있었다.

그것도 어찌하여 그의 머리가 흑발에서 백발로 변한 것인지 일체의 호기심도 내색하지 않으면서 말이다.

'이것이 바로 동창인 것이겠지.'

설무백은 뻔한 가식에 내심 고소를 금치 못하면서도 다른 한편으로 전혀 이해하지 못할 것도 아니라는 기분이 들어서 내색을 삼가며 마주 인사했다.

"본의 아니게 부탁드릴 것이 있어서 잠시 들렀습니다."

당소기가 눈치 빠르게 행동했다.

"여기로 찾아오셨으니, 제가 있을 자리는 아니겠네요. 저는 빠질 테니, 두 분 담소 나누십시오."

"아니, 괜찮아요."

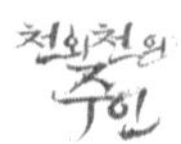

설무백은 물러나는 당소기의 발걸음을 잡았다.
"당 첩형이 들어서 안 될 비밀 얘기는 아니니까."
"그러시다면야……."
당소기가 굳이 사양하지 않았다.
그는 담백하게 눈치만 빠른 것이 아니라 경우에 따라선 얼마든지 꺼리거나 부끄러운 기색 없이 비위 좋게 구는 넉살도 가진 성미의 사내인 것이다.
종리매가 자리를 권하며 물었다.
"우선 앉으시오. 차라도 한 잔……?"
설무백은 정중히 사양했다.
"아니, 차는 전하와 마시는 것으로 하지요. 사실 전하를 뵙기 전에 여기부터 찾아왔거든요."
"아, 그렇소?"
종리매도 눈치가 없지 않아서 바로 수긍하고는 재우쳐 너털웃음을 흘리며 물었다.
"하하, 이거 엄청난 부탁인 것 같아서 벌써부터 긴장되오."
설무백은 가볍게 따라 웃으며 솔직하게 말했다.
"사실은 이게 엄청난 부탁인지 아닌지 저도 잘 몰라서 이리 먼저 찾아온 겁니다."
종리매과 묘하다는 투로 관심을 보였다.
"대체 어떤 부탁이기에 그러시오?"
설무백은 대답에 앞서 자신의 뒤쪽에 한껏 주눅이 든 모습으로 눈치를 보고 있는 하완을 손짓해 불렀다.

하완이 주춤주춤 그의 곁으로 다가왔다.

그는 와락 하완의 소매를 잡아끌어서 곁에 세워 놓고 종리매를 쳐다보며 거두절미하고 물었다.

"혈음도 하완이라고 아시죠?"

종리매가 실로 의외라는 표정으로 턱을 주억거리며 대답했다.

"아오. 한데, 무슨 일로 그를……?"

설무백은 종리매의 대답이 끝나기도 전에 물었다.

"혹시 예전에 혈음도 하완와 내기를 해서 그 사람의 독문병기인 혈음도를 빼앗은 적이 있습니까?"

종리매가 적잖게 놀란 듯 두 눈을 멀뚱거렸다.

"아니, 그걸 어떻게 설 공자가 아시오?"

설무백은 웃는 낯으로 하완의 어깨를 두드리며 대답했다.

"이 친구에게 들었습니다. 이 친구 이름도 하완입니다. 우습지 않게도 혈음도는 있지도 않으면서 별호까지 혈음도이고요. 이 친구의 조부께서 그리하라고 자신의 명호를 물려주었다는군요."

"……!"

종리매가 한 방 맞은 표정으로 하완을 쳐다봤다.

"그러니까, 설 공자의 말인 즉, 이 친구가 혈음도 하완의 손자라는 얘기군요."

"그렇습니다."

설무백은 잘라 말했다.

"저는 이 친구에게 조부의 병기를 찾아주고 싶습니다. 사정을 들어보니, 그저 무인의 한 사람으로서 그럴 필요가 있겠더군요. 해서, 이렇게 찾아왔습니다. 도와주실 수 있겠습니까?"

종리매가 어색한 미소를 흘렸다.

"그건 저로서도 조금 월권행위지만, 상대가 설 공자라면 못 도와드릴 것도 없지요. 하나, 그래야 하는 이유를 본인도 알아야겠습니다. 무인의 한 사람으로서 그럴 필요가 있겠다고 하셨는데, 저 역시 무인입니다. 대체 어떤 사연인 거죠?"

설무백은 고개를 끄덕이는 것으로 수긍하며 물었다.

"혹시 스스로 주인을 택하는 병기가 있음을 아십니까?"

"……!"

종리매가 선뜻 대답하지 않고 침묵했다.

설무백은 바로 눈치 차리며 미소를 흘렸다.

"이미 아고 계셨군요. 바로 그 이유입니다. 듣자하니 혈음도의 주인은 이 친구의 가문이라고, 그러니까, 이 친구 가문의 핏줄만을 주인으로 택한다고 하네요. 그게 사실이라면 마땅히 돌려주는 것이 도리가 아니겠습니까."

종리매가 손가락으로 귀밑머리를 긁적이며 멋쩍은 미소를 흘리다가 넌지시 물었다.

"믿거나 말거나 그 일에 전하가 개입되어 있다고 한다면 아마도 설 공자는 곧바로 전하를 알현하러 가겠지?"

설무백은 의외라는 표정으로 확인했다.

"그게 전하의 뜻이었습니까?"

"아니, 이를 테면 그렇다는……!"

"아, 삼십삼대천병(三十三大天兵)!"

종리매의 말이 끝나기도 전에 그들의 대화를 듣고 있던 당소기가 알겠다는 듯 손가락을 튀기며 말하고 있었다.

종리매가 끔뻑이는 눈으로 당소기를 쳐다봤다.

당소기가 멋쩍게 웃었다.

"비공은 알아도 상관없는 일 아닌가요?"

종리매가 선뜻 대답하지 않았다.

설무백은 자리를 털고 일어났다.

"알겠습니다. 잘은 모르겠지만, 깊은 내막이 있는 것 같으니, 제가 직접 전하에게 허락을 맡도록 하지요."

종리매가 재빨리 설무백을 만류했다.

"아니, 그러게 내가 미리 확인했잖소. 내가 내주지 않으면 전하께 갈 것 같다고. 알겠소. 내주리다. 사용도 못하고 창고에 처박아 둔 그까짓 물건 내주지 못할 것도 없지요."

설무백을 자리에 앉힌 그는 굳이 자신이 직접 나섰다.

"잠시만 기다리시오. 내가 가서 금방 가져오겠소."

설무백은 대수롭지 않게 수긍하며 자리에 앉았다. 아무나 출입할 수 없는 창고에 넣어 둔 것이라고 생각한 것인데, 그게

아니었다.

종리매가 멋쩍게 웃는 낯으로 자리를 떠나며 그것을 밝혔다.

"그 녀석, 아니 그게 하도 성질이 고약해서 아무나 잡을 수가 없다오."

혈음도를 두고 하는 고백이었다.

혈음도 하완의 손자인 당대 혈음도 하완의 말마따나 혈음도는 실로 혼이 깃든 무가지보였던 것이다.

종리매가 돌아온 것은 그로부터 대략 일 다향이 지난 다음이었다. 작은 목관 하나를 어깨에 짊어지고서였다.

종리매가 바닥에 내려놓은 목관을 열며 히죽 미욱해 보이는 미소를 흘렸다.

"사실 본인도 궁금하오. 과연 저 친구의 말이 사실인지 말이오."

목관 속에는 한 자루 칼이 들어 있었다.

붉은 기운이 감도는 향목(香木)으로 도갑과 손잡이를 만들어 놓은 것이 특이할 뿐, 지극히 평범해 보이는 칼이었다.

설무백은 목관 속의 혈음도를 확인하고 슬쩍 하완을 쳐다봤다.

하완은 당장에 눈물이라도 쏟아 낼 것처럼 감격 어린 표정으로 목관 속의 칼을 바라보고 있었다.

지극히 평범해 보이는 목관 속의 칼이 십대기문병기의 선두라는 혈음도임을 대변하는 표정이었다.

설무백은 손을 내밀어서 목관 속의 혈음도를 잡아들었다.

"아, 저기 그냥 들었다가는……?"

종리매가 다급히 주의를 주다가 조개처럼 입을 닫고 두 눈만 멀뚱거렸다. 혈음도를 잡아 든 설무백이 아무렇지도 않게 평온한 모습으로 미소를 지었기 때문이다.

어지간한 장정도 나가떨어지게 만드는, 더 나아가서 적어도 사흘은 손가락 하나 까딱할 수 없도록 손을 마비시켜 버리는 혈음도가 설무백에게는 아무런 거부감을 드러내지 않는 것 같았다.

그러나 실제는 그게 아니었다.

비록 손이 마비될 정도까지는 아니지만, 설무백도 혈음도를 잡는 순간부터 어느 정도의 거부감을 느끼고 있었다.

완전한 거부로 느껴지지는 않지만, 그렇다고 그의 손길을 순응하고 받아들이는 것 같지도 않은 반응이었다.

마치 혈음도가 싫진 않지만 그렇다고 주인으로 받아들일 수는 없으니 나를 그대로 내버려 두라고 사정하는 것 같은 느낌이었다.

설무백은 그 느낌이 실로 흥미로워서 절로 미소를 지었던 것인데, 이내 그는 수중의 혈음도를 하완에게 내밀었다.

"어디 한번 네가 혈음도의 주인이라는 것을 증명해 봐라."

하완이 격정에 차서 흔들리는 눈빛, 부들부들 떨리는 두 손으로 설무백이 내민 혈음도를 받았다.

글썽거리던 그의 눈에서 마침내 눈물이 흘러내렸다.

그는 마치 바보처럼 혹은 어린아이처럼 소매로 연시 눈가를 쓸며 감격스러운 얼굴로 한동안 혈음도를 매만졌다.

신기하게도 설무백조차 느끼던 혈음도의 완고한 거부감을 그는 전혀 느끼지 못하는 기색이었다.

이윽고, 그런 하완이 칼을, 혈음도를 뽑아 들었다.

붉은 색의 도갑을 가진 혈음도는 그 이름과 걸맞지 않게 유리처럼 투명한 서슬을 품고 있었다.

다만 빛을 투과하는 투명함이 아니라 반사하는 투명함이라 그와 주변의 모습이 시리도록 선명하게 담겼다.

하완은 칼을 든 채로 거듭 소매로 눈가를 훔치다가 갑자기 생각난 듯 서둘러 혈음도의 서슬을 도갑에 갈무리하고 설무백을 향해 넙죽 엎드렸다.

"수하 하완이 주군께 충성을 맹세합니다!"

종리매가 다른 누구보다도 눈을 빛내고 나서며 설무백을 바라보았다.

"아, 이래서……!"

설무백은 여기서 갑자기 하완이 이럴 줄은 몰랐던지라 실로 머쓱해져서 옆머리를 긁적이며 딴청을 부렸다.

그런데 그때 구원자가 나타났다.

"여기 계셨군요."

별채의 정원으로 들어서며 반갑게 외치는 그 구원자는 바로 동창의 외람첩형 곽승이었다.

황부의 수문장인 소상의 처우를 조치하고 뒤따르겠다던 그가 다급한 모습으로 그들을 찾아온 것인데, 이유가 있었다.

"어서 가시지요! 전하께서 찾으십니다!"

천의무봉天衣無縫 (6)

설무백이 서쪽 별채의 종리매를 찾아갔을 때처럼 집무실인 등룡전(登龍殿)의 대청에 있던 연왕도 혼자가 아니라 누군가와 함께 있었다.

전면의 태사의 아래 자리한 팔선탁에 마주 앉은 그들은 각기 나이 지긋한 환관과 순백의 장포를 포대처럼 헐렁하게 걸친 초로의 노인이었는데, 분위기가 참으로 묘했다.

다들 웃는 낯이긴 하지만, 연왕의 곁에 앉은 늙은 환관 뒤에는 검붉은 비단 제복을 걸친 네 명의 동창위사가 늘어서 있고, 맞은편에 앉은 붉은 흙처럼 낯빛이 검붉은 초로의 백의노인 뒤에는 건장한 체구와 날카로운 눈빛을 자랑하는 두 사람, 적발의 중년인과 반백의 중년인이 삼엄하게 시립해 있어서 절로 그렇게 느껴졌다.

이건 마치 전장의 한복판에서 마지막 담판을 지으려고 마주앉은 장수들처럼 느껴지는 것이다.

그런데 알고 보니 실제로 그런 자리였다.

"오, 아우 그 머리 멋진데 그래? 아니지, 그 얘기는 나중에 하고, 때마침 잘 왔네, 아우. 어서 이리 앉게나."

연왕은 자리에서 일어나면서까지 세 사람, 종리매, 당소기, 곽승의 뒤를 따라서 대청으로 들어서는 설무백을 반갑게 맞이하며 자리를 권했다.

그러고는 곧바로 맞은편에 앉아 있다가 그가 일어나자 엉거주춤 일어나던 백의노인에게 한마디 건네는 것으로 그와 같은 상황을 넌지시 드러냈다.

"자, 이제 됐소. 때마침 아까 본인이 말한 아우가 오늘 이렇게 왔구려. 우리가 이렇게 이심전심이라오. 아무튼, 이렇게 됐으니 수고스럽더라도 조금 전에 말해 준 귀하들의 제안을 한 번만 더 말해 주시오. 이미 밝혔다시피 본인은 전적으로 아우의 의견을 따를 생각이니 말이오."

백의장포를 걸친 초로의 노인이 무심한 표정으로 애써 속내를 감추며 설무백을 바라보았다.

설무백은 이미 연왕의 말로 인해 지금의 자신에겐 선택의 여지가 없다는 것을 알고 묵묵히 백의노인의 시선을 마주했다.

백의노인이 은연중에 연왕의 기색을 살피며 말문을 열었다.

"다름이 아니라……!"

"통성명부터 하죠, 우리?"

설무백은 대뜸 말을 자르고 공수하며 자신을 소개했다.

"본인은 설 아무개라는 야인이오."

대화의 주도권이 대번에 설무백의 수중으로 들어가는 순간이었다.

연왕의 말에 따라서 입을 열던 백의노인이 졸지에 말문이 막혀서 이러지도 저러지도 못하다가 뒤늦게 마주 공수하고 있었다.

"본인은 천사교의 자면(子面)이라고 하오. 천사교주를 곁에서 보필하고 있지요. 본인이 이렇게 왕야를 찾아뵌 것은……!"

천사교의 자면이라면 십이신왕 또는 십이신군이라 불리며 천사교주를 최측근에서 보필하는 방술사들의 수좌였다.

"아, 천사교의 자면신군이었군요."

설무백은 더 듣지 않고 자면신군의 말을 자르며 그 뒤에 시립한 붉은 머리가 이채로운 적포중년인과 반백의 머리카락을 길게 늘어트린 백의중년인에게 시선을 던졌다.

"하면, 왕야께서 거하는 왕부에서, 그것도 왕야의 면전인 여기에서 무슨 위험한 일이 있을 거라고 저리 긴장해서 서 있는 것인지 모를 저 두 사람은 대체 누구죠?"

자면신군이 애써 당황한 기색을 감추며 서둘러 두 노인을 소개하며 해명했다.

"화륜과 수인이라고 하오. 본인의 수발을 드는 아이들인데, 여기가 위험한 자리라서가 아니라 그저 오랫동안 몸에 배인 습관으로 저러는 거니, 부디 오해하지 마시길 바라오."

설무백은 이해할 수 있다는 표정으로 고개를 끄덕였다.

하지만 입으로는 전혀 다르게 말했다.

"아주 좋지 않은 습관이네요. 전하께서야 워낙 소탈하고 너그러운 분이시라 그냥 넘어가셨을 테지만, 제게는 실로 아주, 몹시 많이 눈에 거슬릴 정도로 말이에요. 그래서 말인데, 제가 그런 못된 습관이나 버릇을 고치는 데 일가견이 있지요. 어떻게 제가 좀 도와드릴까요?"

자면신군이 억지웃음을 지으며 손사래를 쳤다.

"초면에 그런 수고까지 끼칠 수야 없지요."

그는 속에서 치솟는 분노를 애써 억누르고 참는지 발그레하게 부풀어 오른 얼굴로 뒤를 돌아보며 역시나 극도의 불쾌감을 감추지 못하고 있는 화륜신마와 수인검마를 눈짓을 동원해서 밀어냈다.

"물러나 있어라."

화륜신마와 수인검마가 알게 모르게 설무백을 노려보며 뒤로 멀찍이 물러났다.

자면신군이 그런 그들의 태도를 의식한 듯 애써 웃는 낯으로 설무백을 바라보며 새삼 공수했다.

"하루아침에 고칠 수 있는 버릇이 아니니, 오늘은 이 정도로

참아 주시오. 돌아가서는 필히 제대로 고쳐 놓도록 하겠소."
설무백은 대수롭지 않게 손을 내저었다.
"괜찮습니다. 전하나 제 앞이 아니라면 저들이 어디서 무슨 짓을 하든 아무래도 상관없으니까요. 제가 그렇게까지 속좁은 놈은 아니거든요."
자면신군이 '이건 또 뭐지, 이런 태도는 어떻게 해석해야 하는 거지'라는 식의 의혹 어린 눈빛으로 설무백을 바라보았다.
설무백은 재차 주도권을 놓지 않고 대화를 이끌었다.
"아무려나, 그럼 이제 어디 한번 말씀해 보시죠? 제안이라니요? 전하께 어떤 제안을 했다는 거죠?"
자면신군이 그저 흥미로운 표정으로 바라보며 침묵하고 있는 연왕을 슬쩍 일별하며 말했다.
"다름이 아니라, 연왕 전하께서 허락하신다면 우리 천사교가 연왕 전하를 지원하고 싶다고 말씀드렸소."
설무백은 도무지 이해할 수 없다는 표정으로 자면신군을 바라보며 물었다.
"아니, 왜요?"
자면신군이 실로 예기치 않은 반문에 크게 당황한 듯 말을 더듬었다.
"왜, 왜라니, 대, 대체 그게 무슨 말이오?"
설무백은 아무렇지도 않게, 당연하다는 듯이 대답했다.
"무슨 말이긴요? 내가 알기로 천사교는 이미 응천부에 계시는 어른을 지원하고 있는 것으로 아니까 그렇지요. 이제 와서 응천부의 어른을 배신하고 우리 전하를 밀겠다면 응당 그만한 이유가 있을 게 아니겠습니까. 안 그래요?"

바보가 아닌 다음에야 응천부의 어른이 누군지는 세상이 다 알고 있을 터였다.

지금 설무백은 굳이 입에 담기 거북한 황제의 존재를 천연덕스럽게 응천부의 어른으로 대신하고 있는 것이었다.

"……!"

자면신군이 한 방 맞은 표정으로 굳어졌다.

이런 식의 노골적인 반문이 돌아올 거라고는 꿈에도 상상하지 못한 듯 실로 충격이 큰지 선뜻 입도 떼지 못하고 있었다.

설무백은 그러거나 말거나 자신이 던진 질문에 대한 답을 스스로 내놓으며 확인했다.

"혹시 응천부의 어른께서 귀하들의 예상과 달리 그리 호락호락하지 않던가요? 이를 테면 귀하들이 원하는 것을 내주지 않는다거나 하는, 뭐 그런 거요? 그런 거라면 이쪽이, 그러니까 우리 전하께서 더하실 텐데, 괜찮겠어요? 우리 전하게 보기보다 더 주도면밀하고 꼬장꼬장한 면이 있으시거든요."

자면신군의 안색이 차갑게 굳어졌다.

이젠 실로 자신의 감정을 속이지 않고 있는 것이다.

그럴 수밖에 없는 것이, 이 정도면 실로 그로서도 더는 감추고 자시고 할 것이 없는 상황까지 와 버린 셈이었다.

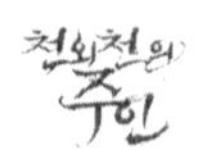

역모라는 직접적인 얘기만 나오지 않았을 뿐, 황제를 배반하고 연왕을 지원하겠냐는 반문까지 받은 마당에 더 이상 무엇을 참고 말고 할 것이 있을 것인가.

'대체 누구지?'

자면신군은 당연하게 뇌리에 떠오르는 설무백의 정체에 대한 의혹을 억누르며 이제야말로 거침없이 물었다.

"실로 사정이 그렇다고 해도 우리 천사교가 끝내 전하를 보필하겠다고 한다면 받아들이겠소?"

설무백은 대뜸 손뼉을 쳐서 주위를 환기시켰다. 그리고 활짝 웃는 낯으로 자면신군을 바라보며 말했다.

"당연히 받아들여야지요."

그리곤 안색을 바꾸며 조건을 달았다.

"대신 우리 전하께서 실로 귀하의 말을 믿을 수 있는 증거가 있다면 말입니다. 말로야 별도 달도 다 딸 수 있는 것 아니겠습니까."

자면신군이 물었다.

"어떤 증거가 필요하다는 거요?"

설무백은 천연덕스럽게 웃는 낯으로 자면신군에게 손을 내밀었다.

"귀하들이 응천부에 잠입시킨 간자들의 명단을 주세요. 이쪽은 구족의 목숨이 걸린 역모에 나서는 마당이니, 그쪽도 그 정도는 해 줄 수 있죠?"

자면신군은 설무백의 요구를 수락하지 않았다.

아니, 수락하지 못했다.

그건 자신의 권한 밖의 일이라 시간이 필요하다는 것이 그의 대답이었다.

설무백은 그런 자면신군에게 배려하듯 열흘이라는 기한을 주고 작별을 고했다. 끝까지 대화의 주도권을 놓지 않고 자면신군을 몰아붙이다가 자리를 끝낸 것이다.

자면신군에게는 선택의 여지가 없었다.

그는 못내 아쉬운 표정을 드러냈을 뿐, 두 말없이 협상을 뒤로 미룬 채 자리를 떠났다.

협상이 그렇게 뒤로 미루어지고 자면신군 일행이 돌아간 자리에서 처음으로 입을 연 것은 내내 침묵으로 일관하고 있던 연왕이었다.

"응천부에 잠입시킨 간자들이라면 작금의 상황에서 저들이 응천부를 움직일 수 있는 거의 유일한 힘일 텐데, 저들이 아우님의 제안을 수락할까?"

설무백은 대답은 않고 시큰둥한 눈빛으로 잠시 연왕을 바라보다가 답변이 아니라 오히려 질문했다.

"저들이 저의 제안을 수락하면 저들의 제안을 수락하시게요?"

연왕이 대수롭지 않게 대꾸했다.

"나는 이득이 되는 쪽으로 움직이는 사람이야. 오월동주가

그리 새삼스러운 병법도 아니고 말이야."

그는 안색을 바꾸며 자못 게슴츠레하게 변한 눈빛으로 설무백을 바라보았다.

"그런데 뭐야? 아우 생각은 그게 아니었던 거야?"

설무백도 앞선 연왕의 태도처럼 대수롭지 않게 대답했다.

"저는 이득보다 손해를 보더라도 신용이 있는 쪽으로 움직이는 사람이거든요. 적이라도 신용이 없으면 싫습니다."

연왕이 머쓱해져서 물었다.

"이건 적이 적을 배신하는 건데도?"

설무백은 단호했다.

"그래서 더욱 싫네요. 저들에겐 우리도 적이니 경우에 따라서 얼마든지 또 다시 배신할 수 있다는 거잖아요."

연왕이 야릇한 미소를 지으며 말을 받았다.

"그거야 간단하게 대처할 수 있지. 우리가 먼저 배신하면 되니까."

설무백은 짐짓 곱지 않는 눈초리로 연왕을 바라보았다.

"그렇게나 황상의 자리가 탐나십니까?"

장내의 모두가 화들짝 놀랐다.

당연한 반응들이었다.

이건 실로 그 누구도 입에 담을 수 없는, 담아서도 안 되는 말이었다.

기본적으로 반역을 언급한 것이라는 사실은 차치하고, 감히 왕에게 황상의 자리를 탐한다고 꾸짖는 것이 어찌 가당하단 말인가.

가당치 않았다.

절대 있을 수 없는 일이고, 있어서도 안 되는 일이었다.

감히 그걸 지적하는 것조차 두려운 듯 모두가 놀라고만 있는 참인데, 나서는 사람이 하나 있었다.

"무엄하오!"

연왕의 곁에 앉아서 자면신군을 대면하던 늙은 환관이었다.

주름이 깊게 파인 이마로 쌍심지를 곧추세우고 입술을 푸들거리는 것이 극도로 분노한 모습이었다.

설무백은 슬쩍 늙은 환관을 일별하며 연왕을 향해 물었다.

"누구예요?"

정작 연왕은 주변의 다른 사람들과 달리 아무렇지도 않은 표정이었다.

그는 그 상태로 설무백의 시선을 따라서 늙은 환관을 슬쩍 일별하며 대답했다.

"누구긴, 조 창공이지."

연왕은 말을 하고 나서야 깜빡했다는 듯 다시 나섰다.

"아, 내가 전에 소개 안 해 줬던가? 인사들 나눠. 이쪽은 내가 전에 말한 설 아우. 그리고 이쪽은 창공 조위문(趙衛門), 조 창공, 그러니까 동창의 수장이지. 정식 관직명인 흠차총독동엄관교판사태감(欽差總督東廠官校辦事太監)인데, 아우도 그냥 약칭으로 제독동창(提督東廠) 혹은 창공이라 부르면 될 것 같군."

설무백은 웃는 낯으로 가볍게 공수했다.

"처음 뵙겠습니다. 설무백입니다. 앞으로 잘 부탁드려요."

늙은 환관, 동창의 수장인 창공 조위문의 표정이 어색하게 일그러졌다.

역모에 대한 얘기를 듣고도 별반 대수롭지 않게 넘기는 연왕의 태도도 태도지만, 방금 전에 자신에게 무엄하다는 꾸짖음을 들었음에도 전혀 꺼리거나 부끄러운 기색 없이 비위 좋게 인사를 건네는 설무백의 태도가 적잖게 당황스러운 모양이었다.

그는 뒤늦게 인사를 받았다.

"조위문이오. 보다시피 능력도 없는 것이 분에 넘치는 왕야의 총애를 받아서 동창을 책임지고 있지요. 소신이야말로 앞으로 잘 부탁드리겠소, 비공."

설무백은 빙그레 웃으며 손을 내저었다.

"겸손이 지나치시네요. 형님께서는 능력도 없는 사람을 총애할 분이 절대 아니거든요. 아무려나……."

그는 그것으로 조위문의 대화를 끊고는 아무렇지도 않게 연왕과의 대화를 다시 이어 나갔다.

"정말 궁금하니까 말씀해 주세요. 혹시 저들하고 엮이는 것까지 염두에 두고 계셨던 거예요?"

연왕이 어깨를 으쓱하며 대답했다.

"당연히 염두에 두고 있었지. 적의 적은 얼마든지 아군이 될 수 있으니까."

그리고 재우쳐 물었다.

"아우는 반대라 이건가?"

설무백은 답변을 피했다.

"제가 결정할 문제가 아닙니다."

연왕이 자못 울상을 지으며 엄살을 피웠다.

"그러지 말고 도와줘. 이번 일이 이 우형에게 얼마나 중대한 일인지 아우도 잘 알잖아. 지금 내 주변엔 아우처럼 직설적으로 조언해 줄 신하가 없다고."

설무백은 슬쩍 조위문을 쳐다봤다.

조위문이 시선을 피했다.

설무백은 뒤쪽에 서 있는 당소기와 곽승, 종리매 등을 둘러보았다.

당소기와 곽승, 종리매가 차례대로 그의 시선을 피해서 딴청을 부렸다.

설무백은 한숨을 내쉬며 연왕에게 시선을 고정했다.

"형님이 이렇게까지 말씀하시는 것을 보니 실로 사정이 좋지 않은 모양이군요. 대체 어느 정도인 겁니까?"

연왕이 어색하게 웃는 낯으로 대답했다.

"변방에 주둔한 장수들과의 연락이 전부 다 끊어졌어. 하물며 표기장군 위광마저도 연락 두절이야. 물론 그렇다고 그들의 진영이 전부 다 무너졌다고 보지는 않지만, 상당한 타격을 입은 것만큼은 틀림없을 게야. 그렇지 않고는 절대 연락을 끊을 사람들이 아니니까."

그는 길게 한숨을 내쉬며 부연했다.

"일단 북평부 주변의 진영은 전부 다 주의를 주고 경계를 강화시켜 놓긴 했는데, 그것만 가지고는 부족하네. 저들의 세력이, 바로 마교의 위세가 국운을 뒤흔들고 국가의 존립마저 위협하는 지경까지 이르렀음이야."

설무백은 이채로운 눈빛으로 연왕을 바라보았다.

표기장군 위광이라면 과거 귀천한 대장군 하후연(夏侯淵)의 예하에서 설무백의 아버지인 설인보와 더불어 문무쌍절로 불리던 군부의 거목인데, 연완은 어느새 그마저 자신의 편으로 끌어들여 놓았던 것이다.

"어느새 위 장군마저 예하에 두셨다니, 실로 발 빠르게 움직이셨네요. 황상의 자리가 그리도 좋습니까?"

"비, 비공!"

창공 조위문이 새삼 안색이 변해서 나섰다.

그래도 인사를 나누었다고 욕설이나 악을 쓰지는 않고 있었다.

연왕이 슬쩍 손을 들어서 조위문을 제지하며 자못 냉정한 가라앉은 눈빛으로 설무백의 시선을 마주하며 말했다.

"좋고 싫고를 떠나서 마땅히 내게 차지해야 할 자리라서 그러는 게야. 작금의 황실에는 나 아니면 그 자리를 감당할 수 있는 사람이 없으니까."

설무백은 태연하게 물었다.

"확실한 거죠, 그 말?"

연왕이 여부가 있겠냐는 듯 가슴을 치며 장담했다.

"물론이지!"

설무백은 사실이 그렇다면 다른 도리가 없다는 투로 멋쩍게 입맛을 다셨다. 그리고 나직이 요미를 호명했다.

"요미!"

요미가 그의 그림자에서 탄환처럼 튀어나갔다.

그리고 삼 장 높이인 대청의 구석, 천장을 길게 가로지른 대들보의 끝자락으로 날아가서 대들보와 천장과 벽 사이의 짙은 그늘 속으로 손을 뻗어 냈다.

순간!

"컥!"

억눌린 신음이 터졌다.

어둠처럼 짙은 그늘 속에서 빠져나오는 요미의 손에는 몸에 착 달라붙는 흑의무복, 일명 야행복 차림의 복면인 하나가 목이 잡혀서 끌려나오고 있었다.

요미가 순식간에 대들보에서 내려와서 수중의 복면인의 복면을 벗기고 어느새 뽑아 든 단도를 입에 물리며 설무백을 향해 싱긋 웃었다.

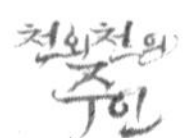

"이놈 잡으라는 거 맞죠?"

"그래."

설무백은 웃는 낯으로 짧게 대꾸하고는 고개를 돌려서 당황스러운 표정으로 눈을 끔뻑거리고 있는 연왕을 바라보며 말했다.

"아까 그 자면신군이라는 녀석이 남겨 두고 간 놈입니다. 세 놈이 있었는데, 두 놈만 데리고 가더군요."

"세 놈이나 암중에 숨어 있었다고?"

연왕이 눈살을 찌푸리며 조위문을 바라보았다.

적잖은 질책의 감정이 담긴 눈빛이었다.

조위문이 무덤덤하게 고개를 숙이며 말했다.

"셋 다 예의 주시하고 있었습니다. 하나를 남겨 두고 돌아가기에 장형천호가 나서려는 것도 굳이 제지하며 지켜보는 중이었고요. 물러갈 때 꼬리를 붙이며 무언가 얻는 것이 있을 거라는 생각으로 말입니다."

연왕의 시선이 종리매에게 돌려졌다.

종리매가 더 없이 정중하게 고개를 숙이며 말했다.

"실로 그렇습니다, 전하."

연왕이 알았다는 듯 고개를 끄덕이는 가운데, 조위문의 말이 다시 이어졌다.

"물론 이 자리에서, 그러니까 전하나 비공의 입에서 중대한 얘기가 나오면 아쉽지만 차단할 생각이었습니다. 한데……!"

그는 실로 이럴 줄은 몰랐다는 표정으로 요미와 그녀의 손에 복면이 벗겨진 채로 칼이 입에 물린 사내에 이어 설무백을 둘러보며 탄식했다.

"비공께서 생각보다 더 과격한 분이셨네요."

연왕이 못내 계면쩍은 표정으로 변해서 설무백을 바라보며 어깨를 으쓱했다.

설무백은 어디까지나 무심하게 고개를 저었다.

"누가 알든 모르든, 그건 중요하지 않습니다. 제가 말하려는 것도 그게 아니고요."

그는 요미에게 시선을 주며 말했다.

"그거 빼."

요미가 재갈처럼 사내의 입에 물리고 있던 칼을 흔들어 보였다.

"이거?"

"응."

"죽을 텐데, 그럼."

"그렇겠지."

요미가 그제야 왜 그러는지는 모르겠지만 알았다는 듯이 머쓱하게 입맛을 다시고는 사내의 입에 물린 칼을 뽑았다.

순간, 사내가 어금니를 악물었다.

"윽!"

억눌린 신음과 함께 사내의 입에서 검게 죽은 핏물이 흘러나왔다.

사내가 이내 옆으로 쓰러져서 바르르 떨다가 이내 멈추고는 싸늘하게 식어 갔다.

죽음이었다.

장내에 침묵이 내려앉았다.

설무백은 죽어서 널브러진 사내를 지그시 바라보며 나직한 혼잣말로 침묵을 깼다.

"아군을 배신하는 조건을 내걸고 협상을 하러 온 주제에 매복을 깔아 두었고, 그마저 돌아가면서 하나를 남겨서 전하의 동태를 살피려고 했습니다. 그런데 잡히니까 이렇게 자결을 해 버리네요. 대체 이 녀석은 뭐가 이렇게나 두려운 건지 알다가도 모르겠습니다."

그는 고개를 들고 연왕을 쳐다보며 물었다.

"그런 자들을 믿고 싶으십니까?"

연왕이 떨떠름한 표정으로 입맛을 다시며 굳이 대답했다.

"믿고 싶지 않군."

설무백은 어깨를 으쓱했다.

"그럼 결론이 났네요."

연왕이 한숨을 내쉬었다.

"그렇군."

그는 이내 미소를 지으며 설무백을 향해 물었다.

"술 한잔할래? 설 장군님도 불러서 셋이 어때?"

설무백은 고개를 저었다.

"아니요. 제가 시간이 없어서요. 저는 어머님이나 뵙고 돌아갈 테니, 두 분이서 드세요."

"안 돼! 시간이 없어도 시간을 내라! 이건 형으로서가 아니라 왕으로의 명령…… 응?"

연왕이 절대 그럴 수 없다는 듯 언성을 높이다가 말고 두 눈을 멀뚱거리며 주변을 둘러보았다.

설무백이 귀신처럼 그의 눈앞에서 사라졌다. 그리고 돌아보니 요미의 모습도 이미 사라지고 없었다.

"자기 할 말만 하고 사라져 버리다니, 고약한 동생이로고!"

연왕은 자못 오만상을 찡그리며 투덜거리고 있었으나, 그의 기분은 그리 나빠 보이지 않았다.

천의무봉天衣無縫 (7)

연왕부의 동편에 자리한 별채인 어머니 양화의 거처는 이전과 조금도 다름없이 새외의 별원처럼 아득하고 고즈넉한 풍경이었다.

등룡전을 벗어나서 별채의 초입으로 들어선 설무백은 절로 치기가 동했다.

그는 흥미진진한 마음으로 공야무륵 등을 향해 손가락을 입술에 대서 조용히 대기하라는 시늉을 하고는 도둑고양이처럼 발소리를 죽여서 조심스럽게 전각의 내부로 들어갔다.

그러나 소용없었다.

언제나처럼 어머니 양화의 곁을 지키고 있던 유모 냉연의 감각은 역시나 명불허전이었다.

"혹시나 지금 도련님이 아씨를 걱정하는 마음으로 저를 시험하시는 거라면 정말 섭섭할 겁니다."

지난날 무저갱의 분위기를 빼다 박은 것 같은 것처럼 창마다 두꺼운 휘장을 드리우고 대신에 드문드문 등롱(燈籠)을 벽에 달아서 희미하게 밝은 공간인 복도의 끝자락이었다.

아무런 기척도 없이 홀연히 나타난 유모 냉연이 자못 새쭉해진 표정으로 설무백을 노려보고 있었다.

실질적인 무력과 상관없이 경신공부와 은신술에 관한한 강호무림의 특급 고수를 능가하며, 타고난 감각은 그보다 더해서 소위 백 장 밖에서 떨어지는 바늘 소리도 능히 들을 수 있을 정도라는 유모 냉연의 진가가 드러나는 순간이었다.

비록 설무백 등이 전력을 다한 것은 아니나 이 정도의 감각은 실로 풍잔의 요인들 사이에서도 흔치 않았다.

"하하하……!"

설무백은 우선 웃고 말했다.

"시험은 무슨, 장난이네요, 장난. 예고도 없이 찾아와 놓고 그냥 들어오면 맹숭맹숭 재미없잖아요."

"뭐, 그런 거라면……."

냉연이 짐짓 마지못해 이해해 준다는 식으로 설익은 미소를 보였다.

설무백은 서둘러 말문을 돌렸다.

"아니, 그보다 어째 유모의 경지가 점점 더 대단해지는 것 같

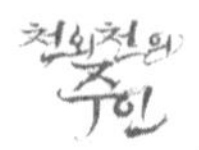

네요. 전에는 이 정도까지라고 생각하지 못했는데 말이에요."
칭찬은 돌부처도 춤추게 한다는 말이 있다.
냉연도 예외가 아니었다.
정말로 화가 난 것은 아니지만, 못내 조금은 섭섭한 감정이 들었던 것 같던 그녀의 표정이 눈 녹듯 사그라지며 눈에 띄게 밝아졌다.
"워낙 꼬장꼬장한 아씨를 곁에서 모시다 보니 도무지 정진을 멈출 수가 없네요. 그보다……?"
말을 하던 냉연이 이제야 놀란 기색을 드러내며 재우쳐 물었다.
"도련님 머리는 왜 그 모양이에요? 무슨 약이라도 잘못 드신 거예요?"
설무백은 에둘러 변명했다.
"그게 아니라 저도 유모와 사정이 비슷해서 그래요. 본의 아니게 쓸 만한 친구들을 곁에 두고 나니까 도무지 정진하지 않을 수 없어서 무리를 하다가 이리되었네요."
밝아졌던 냉연의 안색이 다시 어두워졌다.
"그 나이에 백발이라니, 아씨 걱정이 이만저만 아니겠네요."
설무백은 싱긋 웃으며 말했다.
"대신에 실력은 늘었잖아요. 아시죠?"
"그야 그렇지만……."
냉연이 아무리 그래도 못내 걱정스럽다는 표정을 짓는 참인데, 내실에서 양화의 목소리가 들려왔다.

"왔으면 어서 들어오지 않고 밖에서 무슨 얘기가 그리 많은 게야?"

냉연이 찔끔한 표정으로 손을 안쪽으로 내밀어서 어서 들어가자는 시늉을 하며 발걸음을 옮겼다.

설무백도 찔끔한 표정으로 고개를 끄덕이며 조심스럽게 그녀의 뒤를 따라갔다.

별채의 외관이나 내부도 그랬지만, 어머니 양화의 침실도 예전과 조금도 다름없이 지난 무저갱의 침실과 같았다.

여전히 창마다 드리운 두꺼운 휘장을 문가의 것은 걷어 놓고 안쪽의 것은 걷어 놓지 않아서 밝음과 어둠이 공존하는 공간인 것이다.

어머니 양화는 늘 그렇듯 휘장이 드리워진 안쪽에 서너 개의 궁촉을 밝혀 놓은 채 사주침상을 등지고 작은 안궤 옆에 자리한 수돈에 그림처럼 고요하게 앉아 있었다.

다만 오늘의 양화는 이전의 방문 때와 달리 혼자가 아니었다.

두 사람, 낡은 마의를 걸친 초로의 노인과 각진 턱이 고지식해 보이는 삼십 대의 사내가 그녀를 마주한 아랫목에 무릎을 꿇고 다소곳이 앉아 있었다.

내실로 들어서는 설무백을 향해 무릎을 꿇은 채로 방향을 틀어서 머리를 조아리는 그들은 바로 설 씨 가문의 가신인 한당과 곽상이었다.

"오셨습니까, 도련님."

"……!"

설무백은 반색했다. 그리고 다시 당황했다.

"한당과 곽상이 어쩐 일로 어머니를……?"

한당이 소탈하게 웃으며 대답했다.

"도련님께서 그리 내내 피하시니 다른 도리가 없이 이렇게라도 만나 봬야지요. 오셨다는 얘기를 듣고 바로 마님께 달려왔습니다. 도련님이 적어도 마님은 뵙고 가실 테니까요."

"음."

설무백은 멋쩍은 표정으로 침음을 흘렸다.

본의 아니게 직면한 난감한 상황이라 양화에게 인사할 정신도 없었다.

그럴 수밖에 없는 것이, 한당의 말은 한 치도 어김없는 사실이었다.

그동안 그는 내내 그들, 한당이나 곽상과의 만남을 피하고 있었다.

무저갱에 남아 있던 그들이 설인보 등을 따라서 북평부로 왔다는 소식을 들었을 때부터 그랬다.

그들을 만나는 것이 싫었다. 사실은 두려웠다.

그들은 만나면 당연히 듣고 싶지 않은 소식을 들어야 하기 때문이다.

바로 천하삼기의 남은 두 사람의 죽음을 말이다.

북평부로 자리를 옮긴 설인보를 따르지 않고 무저갱에 남아 있던 그들이 마침내 무저갱을 등지고 북평부로 왔다는 것은 야신 매요광과 구철마신 척신명의 죽음 말고는 다른 이유가 없었다.

"죄송합니다."

한당이 더 없이 무겁게 변한 설무백의 표정을 보더니, 깊이 고개 숙여 사과하며 말했다.

"하지만 그분 어르신들의 뜻도 있고 해서 더는 기다릴 수가 없었습니다."

양화가 나서서 한당을 도왔다.

"만남이 있으면 마땅히 헤어짐도 있는 것이 하늘의 이치가 아니겠느냐. 보낼 사람을 마땅히 기쁘게 보내는 것 또한 군자의 도리니라."

설무백은 이미 이제 더는 피할 수 없음을 인지하고 있었기에 멋쩍은 미소를 흘리며 말을 받았다.

"언제까지 그럴 생각은 없었어요. 그저 조금이라도 더 그 어른들이 살아 있기를 바라는 마음이었을 뿐이에요. 어린애의 치기로 들리실지 모르겠지만, 돌아가셨다는 얘기를 듣지 않으면 여전히 살아 계신 것 같은 기분이 들거든요."

진심이었다. 실로 그랬다.

무저갱에 남아 있던 한당과 곽상이 북평부로 왔다는 얘기

를 듣는 순간 그분들이 돌아가셨다는 것을 직감했으나, 굳이 그것을 사실로 확정하고 싶지 않았을 뿐이었다.

양화가 그 마음을 익히 짐작한다는 듯 애틋한 눈빛으로 설무백을 바라보며 묵묵히 고개를 끄덕였다.

설무백은 새삼 길게 심호흡을 하는 것으로 무언가 응어리진 것 같은 마음을 애써 털어 내며 한당과 곽상을 바라보았다.

"내 기분 때문에 괜히 두 사람의 마음이 불편했겠네. 미안해. 그래, 두 분 다 잘 가셨지?"

한당의 시선이 곽상에게 돌려졌다. 은근한 채근이었다.

못내 머뭇거리던 곽상이 그제야 헛기침으로 목소리를 가다듬으며 말문을 열었다.

"죄, 죄송합니다, 도련님. 솔직히 말씀드리면 소인 역시 그 분 어르신들의 죽음을 목도하지는 못했습니다. 어르신들께서 그걸 허락하지 않으셨습니다."

설무백이 중원으로 간 지 얼추 여덟 달이 지난 날의 저녁이었다고 했다.

매요왕과 척신명은 평소처럼 물과 음식을 들고 찾아간 곽상에게 사전에 약속이라도 한 것처럼 공히 이제 되었으니 더는 찾아오지 말라는 엄명을 내렸다고 했다.

곽상은 그들의 태도에서 죽음을 읽었다고 했다.

그래서 그들의 명령을 거부하지 못하고 따를 수밖에 없었다고 했다.

"그로부터 두 달하고 보름이 지난 시점에 어르신들이 계시는 지역의 갱도가 무너졌습니다. 깊은 지하의 갱도가 무너지는 것은 종종 벌어지는 일이라 다들 별다른 관심을 보이지 않고 그냥 넘어갔습니다만, 저는 그게 자연적으로 벌어진 것이 아니라고 생각합니다. 아마도 어르신들께서 마지막을 그렇게 정리하신 것이 아닌가 싶습니다. 그렇게 믿고 한당과 함께 북평부로 왔습니다."

설무백은 절로 희미한 미소를 머금으며 고개를 끄덕였다.

"그래, 그분들이라면 충분히 그러고도 남음이 있지."

곽상이 그런 그를 향해 내내 자신의 옆에 두고 있던 작은 보퉁이 하나를 밀어서 내밀며 말했다.

"이건 당시 어르신들께서 맡기신 물건입니다. 언제고 기회가 되면 도련님께 전해 주라고 하셨습니다. 사살 전에 풍잔으로 도련님을 뵈러 갔던 것이 이것 때문이었습니다. 혹시나 늦게 전달되면 안 되는 물건일 수도 있다는 생각이 들어서……."

정확히 기억나진 않지만, 서너 개월 전쯤 곽상이 풍잔을 찾아온 적이 있었다.

당연하게도 그는 설무백을 만나지는 못했다.

풍잔의 영내에 있었어도 만나지 않았을 테지만, 마침 그때 설무백은 외부에 나가 있었다.

설무백은 풍잔으로 돌아와서 제갈명에게 그와 같은 얘기를 전해 듣고는 그저 굳이 사정을 알려 주려는 곽상의 우직함이라고만 생각했었다.

그런데 이제 보니 그게 아니었다.

당시 곽상은 혹시나 그분들이 전해 주라는 물건이 늦으면 안 되는 물건일 수도 있다는 생각에 굳이 풍잔까지 찾아왔었던 것이다.

설무백은 가만히 손을 내밀어서 곽상이 넘겨준 보퉁이를 잡았다.

하지만 선뜻 풀어 헤칠 수는 없었다.

아직도 그는 매요광과 척신명의 죽음을 고스란히 받아들이고 싶지 않은데, 이 물건을 풀면 어쩔 수 없이 그분들의 죽음을 인정하는 것이라는 생각이 들었다.

아끼는 물건을 감추고 싶은 것과 같은 혹은 가장 맛있는 과일을 나중에 먹으려는 것과 같은 감정일지도 몰랐다.

설무백은 매요광과 척신명의 죽음을 조금이라도 더 나중에 인정하고 싶은 마음에 보퉁이를 풀지 않고 그대로 옆에 밀어두며 곽상을 향해 빙그레 웃었다.

"고마워. 그동안 노야들 수발드느라 수고했어, 사제."

"도, 도련님!"

곽상이 느닷없이 설무백의 입에서 흘러나온 사제라는 말에 흠칫 놀라며 서둘러 머리를 조아렸다.

한당이 웃는 낯으로 그렇게 머리를 조아린 곽상의 뒤통수를 가볍게 두드리며 중얼거렸다.

"거봐라, 도련님이라면 대번에 알아보실 거라고 내가 그랬지?"

곽상이 바닥에 이마를 댄 채로 말했다.

"전에 풍잔을 찾아갔을 때 말씀드리려고 했습니다. 실은 척신명, 척 사부님께서 저를 어여삐 보시고 한 수 절기를 사사해 주셨습니다. 전날 풍잔을 찾아갔을 때 말씀드리려고 했는데, 오늘은 때가 아닌 듯하여 나중을 기약…… 죄송합니다, 도련님!"

그랬다.

곽상은 설무백을 대신해서 천하삼기의 두 사람, 매요광과 적신명의 수발을 들다가 척신명의 눈에 들어서 절기를 사사받았다.

설무백은 첫눈에 곽상의 몸에 감도는 철마진기를 느끼고는 그와 같은 사실을 유추할 수 있었던 것이다.

"죄송은 무슨, 잘된 일이고, 축하해야 할 일인 것을. 게다가 벌써 철마진기에 기인한 구철마공이 얼추 오 성의 경지로 접어든 것을 보니, 까다롭기 그지없는 척 할배의 눈에 들 만했어."

곽상이 바닥에 머리를 찧으며 말했다.

"사부님도 사부님이지만 혹시나 도련님께……!"

"사형!"

설무백이 단호하게 잘라 말했다.

"이제 그렇게 불러야지. 나중에 저승에서 척 할배의 얼굴을 어찌 보라고 그래."

"아, 예……!"

곽상이 마지못한 표정으로 수긍하며 다시 말했다.

"그, 그러니까, 사형께 누가 되지 않으려고 최선을 다했습니다!"

설무백은 실로 흡족한 미소를 지은 채 곽상을 보고 다시 한당과 냉연을 둘러보며 말없이 고개를 끄덕였다.

시국이 시국인지라 안 그래도 아버지 설인보와 어머니 양화의 안위가 걱정이었는데, 이제 정말 안심할 수 있을 것 같았다.

지금도 여전히 무공의 깊이를 제대로 파악하기 어려운 한당의 존재는 차치하고, 냉연의 무위도 생각한 것 이상으로 진보한 상태인데다가 구철마신 척신명의 절기를 사사한 사제, 곽상이 곁에서 지킨다면 천하의 그 누구도 쉽게 접근할 수 없을 것이기 때문이었다.

그런데 그때 양화가 그와 같은 그의 마음을 읽으며 말했다.

"뭐야, 우리 아들? 이 어미를 걱정한 거야? 걱정일랑은 붙들어 매도 되요. 이 어미에겐 이게 있으니까."

양화는 절대 걱정하지 말라는 표정으로 전날 그가 전해 준 붉은 색의 작은 주머니를 꺼내서 흔들어 보였다.

"여차하면 이걸 열어 보면 되거든. 호호호……!"

활짝 웃으며 설무백을 바라보는 그녀, 양화의 눈빛에는 은발로 인해 크게 달라진 아들의 외모에 대한 괴리감 따위는 전혀 없었다.

대신 이내 다른 감정이 불쑥 도드라졌다.

양화는 이내 언제 웃었냐는 듯이 거짓말처럼 웃음을 그치고 적잖게 굳어진 안색으로 설무백을 바라보며 말문을 돌렸다.

"해서, 이 어미는 우리 아들이 더 걱정이야. 듣자 하니 대체 손을 안 대는 곳이 없어서 말이야."

대체 어디서 무슨 얘기를 들었는지는 모르겠으나, 양화는 실로 걱정스러운 눈빛으로 설무백을 바라보고 있었다.

그때, 설무백이 무슨 말을 어떻게 해야 할지 몰라서 머뭇거리는 순간에 요미가 희미한 그의 그림자 속에서 귀신처럼 불쑥 빠져나와서 양화를 향해 다소곳이 고개를 숙이며 말했다.

"어머니, 그 점은 절대 염려하지 않으셔도 됩니다. 소녀가 목숨을 걸고 오빠를, 아니, 어머님의 아드님을 지킬 테니까요. 미래의 낭군을 지키는 데 어찌 목숨을 걸지 않겠습니까. 아니 그렇습니까, 어머님?"

양화가 대답 대신 동그래진 눈으로 요미와 설무백을 번갈아 보았다.

요미의 은신술은 과거 폭화라 불리며 무림팔수의 하나로 꼽히던 그녀의 감각으로도 절대 파악할 수 없는 것이라 매우 놀라는 것이 당연했으나, 그녀의 놀람은 그게 다가 아니었다.

다른 무엇보다도 '미래의 낭군'이라는 요미의 말에 그녀의 눈빛이 크게 바뀌었던 것이다.

요미가 그에 아랑곳하지 않고 손으로 입을 가린 채 배시시 웃는 낯으로 요조숙녀인 척 요사스럽게 간살을 떨며 양화를 향해 다시 말을 더했다.

"아, 이런 제가 경황 중에 소개도 하지 않았네요. 소녀는 이제 곧 오빠의, 아니, 어머님의 아드님의 내자가 될…… 읍!"

설무백은 재빨리 요미의 입을 틀어막고 옆구리에 끼며 양화를 향해 어색하게 웃는 낯으로 말했다.

"하하, 저기 어머니? 차 한 잔 마실 수 있을까요?"

그 시각, 왕부에서 물러난 자면신군 일행은 북평부의 남쪽 끝자락이자, 하북성으로 넘어가는 경계인 청초림(青草林)이라는 지역에 자리한 산장에 도착해 있었다.

애월(涯月)이라는 이름과 달리 마을과 동떨어진 외딴 산기슭에 자리한 낡고 허름한 산장이었다.

내내 침묵으로 일관한 채 이동했던 자면신군의 분노가 거기 애월산장(涯月山莊)에 도착해서 안으로 들어서기 무섭게 폭발했다.

당연하게도 설무백으로 인해 일어난 분노였다.

참고 또 참다가 결국 참지 못하고 폭발해 버린 것이다.

"건방진 놈!"

분노의 일성과 함께 내부인 대청에 자리하고 있던 탁자와 의자들이 사방으로 주룩 밀려나다가 결국 벽과 충돌하며 박살 났다.

자면신군의 분노가 일으킨 기세였다.

대청에 사람이 없어서 실로 다행이었다.

만일 사람이 있었다면 그 인원이 몇이든 전부 다 탁자와 의자가 박살 난 것처럼 피 떡이 되어서 대청의 내부가 온통 피칠갑을 했을 터였다.

다만 자면신군 일행이 안으로 들어섰을 때 정중하게 고개를 숙이며 맞이한 두 사내가 있었으나, 그들은 아무런 영향을 받지 않았다.

자면신군의 분노로 일어난 맹렬한 기세가 그들을 피해 갔던 것인데, 그럼에도 불구하고 그들은 잔뜩 겁을 먹은 듯 고개를 숙인 자세 그대로 꼼짝도 하지 않고 있었다.

당연한 일이었다.

상관이 화를 낸다고 해서 불편한 내색을 하거나 반항을 하는 수하는 적어도 천사교 내부에 없었다.

애월산장은 천사교가 중원 각지에 설치한 백여 개의 비밀 지부(支部) 중 하나였고, 지금 자면신군의 면전에 고개 숙인 두 사내는 사전에 그들이 온다는 연락을 받고 기다리던 지부장과 부지부장으로, 천사교에서 백팔사도 아래의 지위를 가진 초혼 사자들이었던 것이다.

이윽고, 한 번의 폭발로 어느 정도 화를 풀고 거칠었던 호흡을 가라앉힌 자면신군은 난장판으로 변해 버린 장내를 쓸어보고는 자책하듯 쓰게 입맛을 다셨다.

그러다가 불쑥 말했다.

"여태 누구도 말이 없었다는 것은 다들 그 녀석의 정체를 모른다는 뜻이겠지?"

왕부에서 예상치 못하게 만난 설무백을 두고 하는 말이었다.

딱히 대상을 정해서 던진 질문이 아니긴 했으나, 누구도 대답에 나서는 사람이 없었다.

아무것도 모르는 초혼 사자들, 바로 애월산장의 지부장과 부지부장이 난감한 표정으로 두리번거리는 가운데, 화령신마와 수인검마은 난감한 표정으로 입을 다문 채 고개를 숙였고, 암중의 호위들도, 바로 초혼비가(招魂秘家)와 더불어 천사교의 양대호교 가문 중 하나인 초혼귀가(招魂鬼家)소속의 귀영(鬼影)들인 사령(邪靈)과 사귀(邪鬼)도 조용히 침묵하고 있었다.

인정이었다.

자면신군은 지그시 어금니를 악물며 다시 말했다.

"보통내기가 아니었다. 거기 있던 누구보다도 강한 자였다. 북평부의 왕야에게 그런 뒷배가 있음을 몰랐다니, 참으로 뼈

아픈 실책이다. 그런 자가 어찌 우리의 척살 명단에 없는 것인지 실로 모를 일이다."

사실은 있었다.

다만 지금의 자면신군은 설무백이 누군지 알아보지 못했을 뿐만 아니라, 감히 왕부와 설무백을 연관 짓지 못하는 것이다.

화륜신마가 조심스럽게 말했다.

"너무 그리 심려하지 마십시오. 필시 사월(邪月)이 녀석의 정체를 파악해서 돌아올 것입니다."

자면신군은 쓰게 입맛을 다셨다.

그는 왕부에서 물러나면서 초혼귀가의 사월을 남겨 두었다.

당돌하고 괘씸하기 짝이 없는 그 백발귀신의 정체를 파악하기 위해서였다.

그런데 왠지 모르게 찜찜한 이 기분은 왜일까?

"그래, 일단은 기다려 보도록 하지."

자면신군은 애써 마음을 다잡았다.

따지고 보면 천사교주의 명령에 따라 북평왕부의 동정을 살피기 위해서 나섰던 이번 행보는 견고하게 자리 잡은 북평부의 무력과 더불어 그 백발귀신의 존재를 알았다는 것만으로도 대단한 성과였다.

'과연 교주님께서 저들의 제안을 수락할까?'

자면신군은 문득 그런 의문이 들었으나, 그건 그가 판단할

영역이 아니라고 판단하고 생각을 접었다.

북평부의 일이 아니더라도 천사교주가 그에게 일임한 사명은 한둘이 아니었고, 이곳 애월산장의 일은 그중에서도 매우 오래전부터 공들인 중대한 일이었다.

애써 마음을 추스른 그는 사뭇 냉정하게 물었다.

"목령(木靈)은?"

목령은, 목령시마(木靈屍魔)를 뜻하고, 화령신마 등과 같은 백팔사도에 속하는 고수였다.

애월산장의 주인, 바로 천사교가 중원에 설치한 백여 개의 비밀 지부 중 제팔지부의 지부장인 망산귀수(邙山鬼手) 요양관(腰陽關)이 재빨리 대답했다.

"지하 밀실에 있습니다."

자면신군이 미간을 찌푸렸다.

"아직도 성과가 없다는 건가?"

"그, 그게……!"

요양관이 곤혹스러운 표정으로 말을 더듬자, 자면신군이 싸늘한 어조로 말을 자르며 명령했다.

"됐다! 가 보자!"

"옙! 이쪽으로……!"

요양관이 재빨리 대답하며 안내했다.

대청의 후미, 병풍이 드리워진 자리의 측면이었다.

이 층으로 오르는 계단이 달라붙은 벽에 지하로 내려가는 계단도 있었다.

이 층으로 오르는 계단은 벽을 따라 장방형으로 꾸며졌지만, 아래로 내려가는 계단은 달팽이처럼 돌아가는 타원형이었다.

자면신군은 요양관의 뒤를 따라서 그 계단을 타고 장장 오십여 바퀴나 빙글빙글 돌아서야 문이 달린 바닥에 도착할 수 있었다.

다만 그 문은 밀실의 문이 아니었다.

그 문을 열고 들어가자 서너 평 남짓한 공간이 나오고, 거기엔 또 하나의 문이 있었다.

바로 그 문이 요양관이 말하는 밀실의 문이었는데, 보통의 문과 다른 거대한 철문이었다.

철문의 형태가 특이하다는 것이 아니라 이상하게 가까이 서 있는 것만으로도 후덥지근한 열기(熱氣)가 느껴지는 철문이라서 그랬다.

그리고 그 철문 앞에는 장대한 체구의 중년인 하나가 서 있었다.

얼핏 보기에도 팔 척에 달하는 거구인데, 검게 번들거리는 가죽옷을 걸친 그의 얼굴과 손등에는 새카만 털이 북실북실하고 두 팔도 기형적으로 긴데다가, 긴 손가락 끝에는 평범하지 않게 뾰족한 손톱이 길게 자라 있었다.

강조(鋼爪)처럼 손가락에 끼우는 가짜 손톱이 아니라 진짜 손톱이었다.

마치 진짜 야수처럼, 그야말로 한 마리의 거대한 원숭이처럼 생긴 그는 자면신군을 보자 바로 넙죽 고개를 숙이며 외모와 어울리는 걸걸한 목소리로 인사했다.

"오셨습니까."

자면신군은 대수롭지 않게 손을 내젓는 것으로 인사를 받았다.

거대한 원숭이 같은 사내는 그사이 은연중에 자면신군의 뒤를 따르는 화륜신마 등과 눈인사를 주고받았다.

그들은 서로 상하를 구분하지 않아도 되는 사이였던 것인데, 거대한 원숭이 같은 사내는 바로 화륜신마 등과 같은 천사교의 백팔사도의 하나인 흑모원후(毛猿帿)였기 때문이다.

자면신군이 그 흑모원후에게 물었다.

"늙은이들은 아직도 여전하다며?"

흑모원후가 고개를 숙인 채 대답했다.

"지독한 늙은이들입니다. 혼절을 밥 먹듯이 하면서도 끝끝내 버티고 있습니다."

자면신군은 절로 오만상을 찡그렸다.

"정말 홍교(紅敎) 최고의 술사(術士)인 사란상인(絲欄上人)과 어깨를 견준다는 목령의 섭혼술이 안 통한다는 건가?"

조심스레 고개를 든 흑모원후가 실로 난감하다는 표정으로 자면신군을 바라보며 대답했다.

"죄송한 말씀이나, 목령의 말에 따르면 차라리 포기하고 다른 자를 찾는 게 좋을 것 같습니다."

"목령이 왜?"

"이젠 목령도 하루 두 번 이상은 섭혼술을 펼치지 못하고 있습니다. 시간이 갈수록 점점 더 막대한 진기가 소모되는 바람에 조만간 그마저 하루에 한 번으로 줄여야 할 것 같다고 합니다."

"그 정도나……?"

"처음에는 가사 상태라고 했으나, 지금은 죽은 것이나 다름없다는 얘기를 했습니다. 가사 상태에서 깨어나기는커녕 더욱 깊은 잠에 빠졌다는……."

"젠장!"

볼썽사납게 일그러트린 얼굴로 욕설을 뱉어 낸 자면신군은 지그시 입술을 깨물며 거대한 철문으로 시선을 돌렸다.

"지금 들어가도 되나?"

"아, 예. 마침 아직 섭혼술을 펼치기 전입니다."

흑모원후가 대답하며 철문을 열었다.

놀랍게도 철문을 여는 순간 뜨거운 열기가, 정확히는 희뿌연 수증기가 철문 안에서 훅 하고 밀려 나왔다.

하지만 그건 아무것도 아니었다.

자면신군이 뜨거운 수증기를 무시하고 들어간 철문 안에는 더욱 놀라운 광경이 펼쳐져 있었다.

철문 안은 대략 이십여 평이나 되는 넓은 방이었는데, 절로 숨이 턱 막히는 그 방 안은 살을 태울 것 같은 뜨거운 수증기로 가득 차 있었고, 그 열기가 맺힌 천장에서는 연신 뜨거운 물방울이 비처럼 쏟아져 내렸다.

그 원인은 바로 방 안의 중앙에 있었다.

방 안의 중앙에는 마치 용광로 위에 거대한 쇠솥을 얹혀 놓고 물을 끓이는 것처럼 펄펄 끓는 연못이 출렁거리고 있었던 것이다.

용암굴 위로 흐르는 지하수, 일명 비천(沸泉)이라 불리는 지심열화천(地心熱火川)이었다.

그런데 놀랍게도 그 지심열화천에 사람이 들어 있었다.

그것도 두 사람, 나이 든 중, 늙은 승려와 백발을 길게 늘어트린 선풍도골의 노인이었다.

늙은 승려는 파르라니 깎은 머리에 선명한 아홉 개의 계인이 평범한 승려가 아님을 말해 주고, 백발을 길게 늘어트린 노인은 선풍도골의 외모로 비상함을 드러내고 있는데, 실로 그랬다.

만일 강호무림에 몸담은 무림인이 지금 그 두 사람을 보았다면 참으로 까무러치도록 놀랐을 터였다.

지심열화천에 담겨서 붉게 이어 가는, 아니, 이미 붉게 익어 버린 것 같은 그들, 두 사람은 바로 동방일기 손지광, 서천노조 채악, 남천귀영 목사진 등과 더불어 동서남북을 대표하는 사대 고수로 불리던 진주언가의 전대가주 북천권사 언소보와 달마 대사 이후 최고의 선승으로 추앙받는 소림사의 굉우 대사였기 때문이다.

놀랍다 못해 어이없게도 세간에 암살당한 것으로 알려진 언소보와 광증에 걸려서 참회동에 머문다고 알려진 굉우 대사가 죽었는지 살았는지 모를 모습으로 하늘이 내린 천연의 험지 중 하나인 지심열화천에 담겨져 있었다.

그리고 그 정면, 지심열화천이 시작되는 끝자락에는 대나무처럼 바싹 마른 노인 하나가 앉아서 호흡을 가다듬고 있었다.

지시열화천에 담겨 있는 언소보와 굉우 대사도 피골이 상접한 모습이었으나, 그는 그야말로 해골에 거죽만 발라 놓은 것으로 보이는 노인이라 이미 죽은 시체가 아닌가 싶었는데, 아니었다.

그가 바로 언소보와 굉우 대사에게 섭혼술을 시전하고 있다는 천사교의 백팔사도 중 하나, 목령시마였다.

언소보와 굉우 대사의 심지가 하도 굳건한 까닭에 극한의 상황 속에 빠트려서 각박한 육체의 투쟁 속에서 불안과 공포 등의 혼란을 주는 것으로 정신을 미약하게 만든 상태로 섭혼술을 펼쳐서 심혼(心魂)을 파고드는 것인데, 섭혼술 자체도 마교에서 손꼽히는 화령섭혼술(火靈攝魂術)이었다.

그런데도 안 되고 있었다.

그리고 그 이유는 언소보와 굉우 대사의 정신력이 이런 극한 상황 속에서도 심지를 지키며 목령시마가 펼치는 화령섭혼술에 대항할 정도로 강력해서가 아니었다.

우습지 않게도 그들은 깊은 잠에 빠지는 것으로 스스로의 정신을 차단해서, 즉 가사 상태에 들어서 목령시마가 펼치는 화령섭혼술에 저항하고 있었다.

그것도 장장 한 해를 넘기도록 말이다.

"오, 오셨습니까."

섭혼술을 펼치기 위해서 자리에 앉아 있다가 안으로 들어서는 자면신군을 보고 놀란 기색으로 일어나는 목령시마의 기색에는 그로인한 피로와 고달픔이 여실히 담겨 있었다.

비록 직접 지심열화천에 담겨진 언소보나 굉우 대사와는 어느 정도 차이가 있다손 치더라도, 그 역시 지심열화천의 열기 곁에서 장장 해를 넘기며 섭혼술을 시전하느라 막대한 심력을 소모하고 있는 것이다.

아니, 어쩌면 온전한 정신으로 감당해야 하는 그가 스스로 가사 상태에 빠진 언소보나 굉우 대사보다 더 심력의 소모가 많은 것인지도 몰랐다.

자면신군은 피골이 상접하다 못해 해골만 남은 것 같은 목령시마의 모습을 보자 절로 그런 생각이 들었다.

한해전의 목령시마도 대나무처럼 바싹 마르긴 했으나, 적어도 지금과 같은 몰골은 아니었던 것이다.

자면신군은 마음을 다잡으며 목령시마를 향해 물었다.

"너는 지금 여기서 사령체(死靈體)를 만들고 있다. 알고 있나?"

목령시마가 깊은 고뇌에 빠진 사람처럼 무거운 기색으로 대답했다.

"예, 알고 있습니다."

자면신군이 힘준 목소리로 다시 물었다.

"그럼 사령채는 무엇이냐?"

목령시마가 대답했다.

"육 갑자 이상의 공력을 가진, 그것도 전이대법에 의한 것이 아니라 스스로의 정진을 통해서 소유한 역천불사강시(逆天不死殭屍)의 육체입니다."

자면신군이 지심열화천의 담긴 언소보와 굉우 대사를 일별하며 빙그레 웃었다. 그들의 육체가 그런 것이다.

그렇게 웃는 낯으로 그는 재우쳐 질문했다.

"그럼 역천불사강시의 탄생을 위해서 그다음에 필요한 것은?"

목령시마가 점점 더 곤혹스러운 표정으로 변해서 땀을 뻘뻘 흘리며 대답했다.

"완전무결하게 완성된 천강시의 심장 다섯 개가 필요합니다."

자면신군이 사납게 다그쳤다.

"그것만으로 가능하나?"

목령시마가 고개를 저었다.

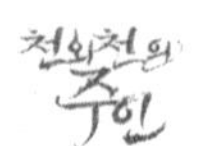

"가능하지 않습니다."

"왜 가능하지 않지?"

"설령 완전무결하게 완성된 천강시의 심장 다섯 개가 준비되어 있더라도 사령체가 스스로 원해서 그것을 받아들이지 않는다면 역천불사강시는 탄생할 수 없기 때문입니다."

자면신군은 자못 사나워진 표정으로 두 손을 내밀어서 목령시마의 어깨를 강하게 움켜잡았다.

"그래, 바로 그거다! 그것이 바로 네가 지난 일 년여 동안이나 여기서 피땀을 흘리며 뒹군 이유다! 그러면 왜? 어째서?"

그는 힘준 목소리로 자신의 질문에 스스로 답했다.

"우리가 차려 놓은 밥상을 다른 놈들에게 넘길 수 없기 때문이다! 그리고 그러기 위해서는, 천하패주로 우뚝 서기 위해서는 필히 금강불괴를 넘어서는 역천불사강시가 우리에게 있어야 한다!"

그는 말미에 씩 웃으며 물었다.

"이런데도 포기할까?"

목령시마는 무너지듯 그대로 무릎을 꿇으며 피가 나도록 이마를 바닥에 찧었다. 그리고 부르짖었다.

"아닙니다! 절대로 포기하지 않겠습니다!"

천사교의 자면신군이 설무백과 헤어진 다음에 찾아간 곳이 살을 태울 듯이 후끈한 열기로 가득한 불구덩이라면 독수마룡 아소부가 설무백과 헤어진 다음에 찾아간 곳은 살을 에는 추위가 전신을 꽁꽁 얼리는 빙굴이었다.

다만 몽골의 동쪽 끝자락에 해당하며, 흑룡강(黑龍江)과 길림(吉林)의 성 경계 지역인 오란호특(烏蘭浩特)의 동부에 자리한 그 빙굴로 들어가기 위해서는 필히 거쳐야 할 관문이 적지 않았다.

기본적으로 빙굴이 자리한 포두설산(包頭雪山)은 일대에 사는 모든 몽골족들이 신성시하는 지역이었고, 그 이유가 대외적으로 과거 몽골 동부의 부족 연합체를 붕괴시키며, 정복 국가 군주의 전권을 장악한 거란족(契丹族)의 전설적인 대칸(大汗)인 야율아보기(耶律阿保機)의 생가와 신주(神主)를 모셔 놓은 가묘(家廟), 그리고 후예가 거기 살고 있기 때문이었다.

다시 말해서 빙굴이 자리한 포두설산은 인근의 부족들이 받들어 모시는 거란족의 황금 핏줄인 야율가(耶律家)의 영역이라는 뜻인데, 따라서 그 지역으로 들어서는 것은 천하의 독수마룡 아소부로서도 적잖게 부담스러운 일이었다.

야율가의 후예가 그저 야율가의 후예이고, 그를 지키는 거란족의 무사들이 그저 거란족의 무사들이라면 아무런 문제가 없을 테지만, 실제는 그렇지가 않았다.

당대 야율가의 후예인 야율적봉(耶律赤峰)은 야율가의 직계일 뿐만 아니라, 사왕전, 독왕전과 함께 마교총단의 삼전 중 하나인 유명전(幽冥殿)의 후예이며, 기실 그를 따르는 야율가의 무사들은 바로 유명전의 정예들이기 때문이다.

그러나 마음을 정하고 내친 길이었다.

비록 가없는 신위를 드러낸 설무백의 존재로 인해 하늘 높은 줄 모르던 콧대가 조금 꺾이긴 했으나, 그는 여전히 마교총단의 삼공자이며, 삼전 중 하나인 독왕전의 후예인 것이다.

아소부는 눈 덮인 산자락, 싸늘한 한풍의 여파를 견디지 못하고 앙상하게 마른 나뭇가지만이 드넓게 펼쳐진 포두설산의 그늘로 거침없이 들어섰다. 그리고 산자락 저편에서부터 은밀하게 뒤를 따르는 미행자들을 의식하며 싸늘하게 웃는 낯으로 경고했다.

"나를 모르지는 않겠지? 나는 그저 우리 귀여운 막내 사제를 한번 만나 보려고 왔을 뿐이니, 괜한 수선 피우지 말고 그대로 있어라. 가는 길은 잘 알고 있으니, 안내도 필요 없다."

경고가 통한 것 같았다.

소리 없는 부산함이 느껴지긴 했으나, 쓸데없이 나서서 앞을 막거나 하는 자들은 없었다.

아소부는 그에 만족하며 발길을 재촉해서 산기슭 깊숙이 들어갔다.

살을 에는 찬바람이 강해지고, 얼어붙은 바닥 아래 눈꽃을 피운 나무들이 서서히 늘어나며 하늘이 점점 좁아졌다.

마른 나뭇가지에 눈꽃이 겹겹이 싸이는 바람에 그야말로 백색의 밀림을 형성해서 하늘을 가리는 것이다.

아소부의 목적지인 빙굴은 그와 같은 백색의 밀림을 대략

한 시진 가량 거스르자 눈앞에 나타났다.

말로만 듣고 찾아가는 초행길이라 경공술을 포기한 까닭에 시간이 그만큼이나 지체되었던 것인데, 다행히 길을 잃지 않고 정확히 찾아갔다.

좌우로 가파른 계곡이 얼어 버린 폭포를 만나서 끝나는 지점, 인근 부족들이 '붉은 벼랑'이라는 의미인 우란차부[烏蘭察布]라고 부르는 장소였다.

그리고 측면의 구석에 그의 목적지인 하얀 빙굴이 자리한 그 '우란차부', 붉은 벼랑 앞에는 등이 활처럼 굽은 마의노인 하나가 일단의 수하들을 거느린 채 기다리고 있다가 그를 맞이했다.

"오랜만에 뵙겠습니다, 삼공자."

아소부는 이채로운 눈빛으로 마의노인을 바라보았다.

마의노인의 인사말이 의미하는 것과 달리 초면이라서가 아니었다.

그는 마의노인을 익히 잘 알고 있었다.

야율적봉과 마찬가지로 야율가의 사람이자, 유명전의 십대고수에 포함되는 지옥삼룡(地獄三龍)의 대형인 무진광룡(無盡狂龍) 야율척(耶律倜)이었다.

요컨대 의외의 거물이 마중 나온 것이다.

"노인장이 어쩐 일이지? 원래 밖으로 나서는 법이 별로 없는 사람이잖아? 설마 나를 내몰려고 나선 건가?"

야율척이 자못 소탈해 보이는 웃음을 흘리면서 고개를 저었다.

"허허, 그럴 리가요. 그저 확인차 나섰습니다. 워낙 하수상한 시절이 아닙니까. 폐관 수련에 드셨다는 분이 오셨다기에 혹시나 하고 말입니다."

아소부의 안색이 살짝 변했다.

너무나도 의미심장한 말이었다.

야율척이 노구를 이끌고 직접 나선 이유가 그를 확인하기 위해서라는 것은 근자에 그를 빙자한 혹은 다른 누구를 빙자한 자객이 들었다는 의미로 해석할 수 있는 것이다.

'이사형이 여기까지?'

아소부는 애써 내색을 삼가며 물었다.

"그래서 어떤가? 내가 가짜로 보이나?"

야율척이 웃는 낯으로 고개를 저었다.

"그랬다면 그런 괜한 말도 하지 않았지요."

그는 활처럼 굽은 허리가 무색하게 지팡이도 없이 공수하던 손 하나를 뒤로 내밀며 돌아섰다.

"드시지요. 제가 안내하겠습니다."

아소부는 느긋하게 야율척의 뒤를 따라서 싸늘한 바람이 쏘아져 나오는 빙굴로 들어서며 넌지시 물었다.

"사제의 폐관 수련은 언제 끝났는가?"

야율척이 대답했다.

"벌써 얼추 석 달은 된 것 같습니다."

아소부는 자못 놀랍다는 기색을 드러냈다.

"한데, 왜 총단과 함께 나서지 않은 거지?"

야율척이 선뜻 대답하지 않고 침묵했다.

아소부는 이제야말로 확실하게 감을 잡고는 은근한 미소를 입가에 머금으며 고개를 저었다.

"굳이 대답할 필요 없네. 어차피 사제와 그 얘기를 나누고 싶어서 찾아온 것이니까."

야율척이 뒤늦은 대답을 내놓았다.

"이것저것 생각할 시간이 좀 필요하시다고 하더군요."

아소부는 내심 그게 다는 아닐 것이라고 생각했다.

생각은 여기가 아니라 어디를 가도 충분히 할 수 있었다.

그럼에도 불구하고 여기를 떠나지 않는 것은 여기에 있어야 하는 이유가 있는 것이고, 그 이유는 어렵지 않게 짐작할 수 있었다.

연공(練功)이었다.

여기 빙굴은 만년빙(萬年氷)의 정화(精華)인 빙정(氷精)이 자라는 곳, 일명 만년빙굴(萬年氷窟)이었고, 대대로 유명전주만이 익힐 수 있는 신공인 유마구음진경(幽魔九陰眞經)은 극한의 음기(陰氣)와 투쟁하며 연공해야만 비약을 도모할 수 있다는 것을 그는 모종의 경로를 통해서 익히 잘 알고 있었다.

'폐관 수련을 끝내고 나서도 자신이 이룬 경지에 만족할 수

없는 거다. 모종의 사태로 인해 불안해진 거지.'

아소부는 내심 그런 판단이 서자, 한층 더 여유를 되찾을 수 있었다.

야율적봉이 궁지에 몰려서 쫓기는 입장이라는 것이 확실한 이상, 이번 사내로 인해 작심한 그의 제안을 절대 거절하지 않을 것이었다.

그런 그의 마음을 아는지 모르는지, 앞서 길을 열고 있는 야율척이 슬쩍 뒤를 돌아보며 말했다.

"여기서부터는 조금 추워질 겁니다."

알아서 잘 대비하라고 주의를 주는 것이다.

아소부는 그저 웃는 낯으로 고개를 끄덕이며 대수롭지 않게 받아넘겼다.

그는 이미 오래전에 추위와 더위를 못 느끼는 한서불침(寒暑不侵)경지에 오른 고수인 것이다.

그런데 그게 아니었다.

야율척이 주의를 준 시점부터 얼음굴이 갑자기 직선이 아닌 구불구불한 곡선으로 바뀌었고, 얼추 일장의 높이에 장정 서넛이 어깨를 나란히 하고 거닐 수 있는 넓이이던 크기도 장정 두 사람 정도가 겨우 지날 수 있을 정도의 넓이로 변하더니, 몸서리치도록 싸늘한 한기가 시작되었다.

모르긴 해도, 보통의 사람이라면 얼마 지나지 않아서 얼어 죽을 테고, 무인이라도 중후한 내공의 기운으로 몸을 지키지 않는다면 참을 수 없는 고통을 느낄 수밖에 없을 정도로 지독한 한기였다.

아소부는 방심을 버리고 재빨리 내공을 운기했다.

내공을 끌어 올려 운기를 했음에도 뼛속까지 파고드는 추위가 여전해서 그는 실로 간담이 서늘해졌다.

게다가 그 순간에 그는 더욱 놀랄만한 사태를 발견하고는 정말로 생명의 위협을 느꼈다.

두꺼운 얼음으로 뒤덮인 빙굴의 이곳저곳에서 한기만큼이나 예리하게 번뜩이는 기세가 느껴졌다.

빙굴의 벽 속에 누군가가 매복하고 그를 지켜보는 것이다.

'이 추위 속에서?'

아소부는 절로 심각해졌다.

어쩌면 이건 순전히 그에게 보여 주려는 일종의 시위에 불과할 수도 있었다.

추위를 견딜 수 있게 해 주는 무가지보인 만년온옥(萬年溫玉)이라도 품에 갈무리하고 있다면 모를까 그마저 오그라드는 이런 추위 속에서 내내 저런 식으로 매복을 하고 있는 자들이 있다는 것은, 그것도 저리 많다는 것은 정말 가당치 않았다.

실로 그렇다면 지금 여기 빙굴에서 매복하고 있는 자들 전부가 다 그의 측근이던 무시마궁 척노와 버금가는 고수들이라는 뜻이 되기 때문이었다.

'사실이 그렇다면……!'

아소부는 절로 심각해졌다.

사실이 그렇다면 이들을 거느린 야율적봉은 이미 그가 아는 야율적봉이 아니라는 뜻이기 때문이다.

'벌써 대공을 성취한 것일까?'

아소부는 절로 심도 깊은 상념에 빠져들었다.

그때 복잡해진 그의 상념의 저편에서 야율척의 목소리가 들려왔다.

"이쪽이외다."

아소부는 상념의 늪에서 발을 빼며 정신을 차렸다.

그는 작은 동굴광장, 공동(空洞)에 들어서고 있었다.

방원 대여섯 장 정도의 넓이에 비해 천장은 이십여 장쯤 위에 울퉁불퉁한 고드름으로 구성되어 있어서 살을 에는 한기와 별개로 으스스한 기분을 들게 하는 공간이었다.

그런데 거기 광장과 같은 공동의 사방에 그들이 들어온 것과 같은 빙굴이 네 개나 뚫려 있었고, 야율척은 그중의 하나를, 정확히는 마지막 네 번째 공동으로 그를 이끌고 있었다.

'일종의 진법일까?'

그럴 수도 있고 아닐 수도 있었다.

아소부가 야율척을 따라 들어간 빙굴이 고작 대여섯 장만에 또 하나의 작은 공동을 만나는 것으로 끝났기 때문이다.

아늑한 방처럼 보이는 공동이었으나, 서리가 고슴도치의 가시처럼 서린 두터운 얼음벽과 온통 하얗게 얼어붙은 고드름으로 도배된 천장 아래 얼어붙을 것 같은 한기로 가득 찬 공간이었다.

거기 야율적봉이 있었다.

백발의 두 노인이 문지기처럼 시립한 가운데, 방 안 가운데 놓인 하얀 바위에 옷을 걸치지 않은 알몸으로 가부좌를 틀고 앉은 미남자가, 아니, 미남자라는 말이 무색할 정도로, 그 옛날 춘추전국시대 초(楚)나라의 송옥(宋玉)이나, 서진(西晋)의 반안(潘安)조차도 울고 갈 정도로 절색인 사내가 바로 그의 사제이자, 마교총단의 칠공자인 벽안옥룡(碧眼玉龍) 야율적봉이었다.

"오서 오세요, 사형. 이거 정말 놀랍네요. 사형이 이렇듯 수하나 거느리지 않고 저를 찾아오시다니요. 대체 무슨 바람이 불어서 이러는 것인지 두렵기까지 합니다그려. 하하하……!"

아소부는 말과 달리 전혀 놀란 것 같지도 않고, 전혀 두려워하는 것 같지도 않은 모습으로 호탕하게 웃는 야율적봉과 달리 내심 정말 놀라다 못해 은근한 두려움마저 들었다.

그럴 수밖에 없는 것이, 지금 야율적봉이 앉아 있는 하얀 바위는 단순한 바위가 아니라 설산(雪山) 깊은 곳에서 캐 온 만년빙(萬年氷)의 정화(精華), 이른 바 닿고 접촉하는 모든 것을 그대로 얼려 버리는 빙정(氷精)이라 불리는 돌이었다.

그런데 지금 야율적봉은 그와 같은 빙정에 앉아 있음에도, 그것도 실오라기 하나 걸치지 않은 알몸으로 앉아 있음에도 아무런 영향을 받지 않은 모습으로 환하게 웃고 있었다.

'나라도……!'

할 수 있다고 장담할 수 없었다.

과연 혹시나 하던 그의 예상대로 야율적봉은 예전에 그가 알던 야율적봉이 아니었다.

지금 이 순간 지그시 그를 바라보는 야율적봉의 전신에서 휘몰아치는 어마무지한 사기(邪氣)가 그것을 웅변적으로 강하게 대변하고 있었다.

지금의 야율적봉은 확실히 그보다 윗길에 올라 있는 것이다.

'유마구음진경을 대성하고 명계를 지배하는 명왕(冥王)들의 힘을 집대성해서 유명전의, 아니, 유명전이 마교총단에 가입하기 이전인 유명교(幽冥教)의 전설이라는 신체라는 명왕유체(明王喩體)를 얻은 것이 분명하다!'

확실했다.

지금의 그가 지난 폐관 수련을 통해서 독공을 수련한 무인이라면 꿈에도 그리는 독인의 경지에 올랐듯이 야율적봉도 그동안 뼈를 깎는 수련을 통해서 명왕유체의 경지에 오른 것이다.

그리고 그렇다는 것은 그가 이제 조금만 더 정진할 수 있는 여건과 기회만 주어진다면 독의 초극지체인 독종독인의 단계를 넘어서 오직 전설로만 존재하던 독의 제왕인 독중지성의 경지를 넘볼 수 있는 것처럼 야율적봉 역시도 절대사공의 정화를 체득해서 과거 천마대제와 어깨를 나란히 했다는 유명대

제(幽冥大帝)의 자리까지 넘볼 수 있다는 뜻이었다.

그가 할 수 있는 일을 다른 사람이라고 못하리라는 법은 없었다.

하물며 야율적봉은 그와 마찬가지로 사부인 마교주 천마대제 궁독이 인정한 천하의 기재인 것이다.

'하면……!'

아소부는 새삼 마음을 다잡았다.

기실 예전의 그였다면 죽었다 깨어나도 지금과 같은 생각을 전혀 하지는 못했을 테지만, 지금은 달랐다.

실로 가당치 않은 인간을, 아니, 인간 같지 않은 인간인 설무백을 만나 봤기 때문에 그랬다.

기고만장하던 콧대가 꺾이고 자존심은 무너졌으나, 대신에 시야가 넓어졌고, 생각도 많이 깊어졌다.

더불어 비로소 자신을 낮추고 상대를 높이는 마음인 겸손도 배웠다.

그리고 그런 그의 눈에 들어온 야율적봉은 이미 자신과 마찬가지로 마성(魔性)을 누를 수 있는 경지인 극마지체(克魔之體)로 진입했고, 머지않아 만류귀종(萬流歸宗)의 원칙에 따라 마공의 영향을 전혀 받지 않은 이지를 가지는 초마지체(超魔之體)로 들어설 절대마인(絶對魔人)이었다.

그래서였다.

아소부는 실로 아무런 거리낌 없이 웃는 낯으로 말했다.

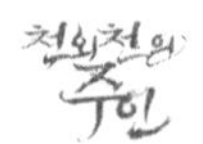

"사제 네가 무슨 사연, 어떤 이유로 이사형과 함께 나서지 않은 것인지 능히 짐작한다. 나는 이사형의 계략에 완전히 당해서 측근들 대부분을 잃었으니까. 그래서 말인데, 나는 이인자로 만족하련다. 마교총단에 있는 사부의 태사의에 사제 네가 앉을 수 있도록 전적으로 돕겠다. 내가, 우리 독왕전이 네 밑으로, 바로 유명전의 예하로 들어가겠다는 소리다."

그는 뒤로 한 발짝 물러나서 더 할 수 없이 정중하게 공수하며 말을 덧붙였다.

"이는 다른 무엇보다도 사형제의 등에 칼을 꽂는 이사형을 용납할 수 없어서 내린 결정이니만큼 절대로 허튼수작이나 기만이 아닌 진심이니, 기꺼이 받아 주길 바란다!"

야율적봉이 가만히 웃는 낯으로 하얀 서리로 뒤덮인 것 같은 바위, 빙정에서 일어나서 아소부를 향해 마주 공수했다.

"여부가 있겠습니까. 일인지하(一人之下), 만인지상(萬人之上)의 자리를 약속합니다!"

천의무봉天衣無縫 (8)

"……뭐랄까? 왠지 모르게 기형적인 모습이랄까? 아무튼, 그래. 난폭하고 잔인하게 굴긴 하는데, 그게 무림인이나 무림의 세력에게만 그러니까 세간의 평판은 그리 나쁘지 않아. 재수 없지?"

북평부에서 연왕이 거처하는 왕부를 제외하면 고루거각이 가장 많다고 알려진 북경성 동부 왕부정대가의 중심을 차지한 북경상련의 대저택, 총수의 집무실인 상전각(商殿閣)이었다.

전에 비해 한층 더 푸짐한 살집이 생겨서인지 이제 어엿한 거상의 풍모가 보이는 방양은 실로 기분이 나쁘다는 표정으로 묻고 있었다.

설무백은 그저 픽 웃으며 되물었다.

"왜 그런 것 같아?"

방양이 자못 눈을 부라리며 면박을 주었다.

"몰라서 물어? 치세안민(治世安民)! 백성들의 마음을 잡으려고 그러는 척하는 간교한 술책이잖아!"

설무백은 대충 상황을 짐작하며 물었다.

"네게는 안 그러나 보구나?"

방양이 정말 짜증난다는 듯 미간을 찌푸리며 대답했다.

"여긴 안 건드려. 아니, 못 건드리는 거지. 왕부가 지척이니까. 아직은 왕부의 눈치를 보는 것 같더군. 하지만 여타 다른 지부들은 난리도 아니야. 산서와 하북, 산동까지는 그나마 타격이 덜한데, 그 너머로는 아주 작살이 났어. 천사교 애들이 아주 지부에 상주하며 상납금을 갈취해 가는 바람에 적자다 뭐다가 아니라 그냥 운영 자체가 불가능한 지경이야."

"백성들의 마음을 잡으려는 것들이 왜 그따위 짓을 할까? 상인들은 백성이 아니라는 걸까?"

"내 말이!"

방양이 언성을 높이며 침을 튀겼다.

"그러니까 간교한 술책이라는 거야. 어차피 다 먹을 거지만 한꺼번에 먹으면 탈이 날 수도 있으니까 차근차근, 쉬엄쉬엄 먹겠다는 거지. 물론 그 배경에는 응천부의 눈치를 본다는 측면도 있을 테지만, 결국 그마저 시간문제일 거다. 아무리 봐도 황실이라고 대우해 주며 빼 놓고 먹을 놈들이 아니야,

이놈들은!"

설무백은 정말 놀란 눈빛으로 방양을 쳐다보며 감탄했다.

"천잰데?"

방양이 새삼 눈을 부라렸다.

"놀리는 거냐, 지금?"

설무백은 피식 웃으며 말했다.

"정말이야. 너처럼 당연히 그렇게 봐야 하는데, 당연히 그렇게 보는 사람이 별로 없어."

"그런가?"

방양이 쩝쩝 입맛을 다셨다. 그리고 재우쳐 물었다.

"그래서 이제 내게 어떻게 하면 되는 건데?"

설무백은 심드렁하게 되물었다.

"내가 하라는 건 다 했지?"

방양이 당연하다는 듯 어깨를 으쓱했다.

"다했지. 일곱째 자형도 일 다 끝냈고, 나 역시 경계나 호위를 전에 네가 보내 준 비사문과 삼수방의, 아니, 이제 이름 바꾸었지, 잔결방으로. 아무려나, 그들, 금사 악패와 청면왜수 공손축, 독안묘수 장철, 자미독수 마태서 등을 중용해서 거의 다 교체했고."

"마음에는 들고?"

"사실 나야 마음에 들고 자시고 할 것도 없었어. 무조건 환영이지. 안 그래도 경계와 호위를 위한 기존의 무사들을 대부분 진주언가와 북경상련의 예하인 중원표국에서 충당했는데, 그 두 곳 다 요즘 이래저래 상황이 말이 아니라 인원 부족으로 허덕이고 있었거든. 게다가 다들 쓸 만한 친구들이라고 중원표국의 채 대인이 아주 기뻐하더라고. 아주 대만족이야."

설무백은 가만히 고개를 끄덕였다. 그리고 시종일과 묵묵히 방양의 뒤에 시립해 있는 한 사람, 유난히 긴팔에 등이 낙타처럼 툭 불거진 곱사등이인데다가 얼굴에 크고 작은 상처가 가득해서 매우 추악한 느낌을 주는 적의사내, 바로 청면왜수 공손축에게 시선을 주며 물었다.

"그쪽도 다들 만족하고?"

공손축이 다소곳이 고개를 숙이며 대답했다.

"예, 아주 만족하고 있습니다."

설무백은 빙그레 웃는 낯으로 쳐다보며 거듭 물었다.

"선대의 무공은 어떻게 진전이 좀 있어?"

공손축이 여전히 고개를 들지 않은 채 대답했다.

"주군께서 전해 주신 선대의 절기는, 그러니까, 벽안소요자 공손기 어르신이 창안한 절기인 강령십삼도(罡靈十三刀)과 구환탈백도(九幻奪魄刀), 단월단심도(斷月丹心刀)는 본디 우리 잔월방을 이끌 한 사람이 다 익혀야 했지만, 우리들 중 누구도 그건 가당치 않게 역부족이었습니다."

그는 실로 죄송하다는 듯 거듭 깊이 고개를 숙여 보이며 다시 말을 이었다.

"……해서, 힘과 파괴력의 극을 추구하는 강령심삼도는 제가, 변화의 극을 추구하는 구환탈백도는 독안묘수 장철이, 속도의 극을 추구하는 단월단심도는 자미독수 마태서가 익히고 있습니다만, 아직 그 수준이 미미해서 주군께 성과를 말씀드리기는 실로 부끄럽습니다."

설무백은 자못 게슴츠레한 눈빛으로 공손축을 바라보며 고개를 저었다.

"그렇게 아주 미미한 수준은 아닌 것 같은데 그래?"

공손축의 기도가 전과 비할 수 없이 성장한 모습이라 하는 말이었다.

공손축은 새삼 고개를 숙이며 겸손하게 대답했다.

"이제 고작 입문에 들었을 뿐입니다."

설무백은 과묵한 공손축이 평소 자신을 내세우는 데 있어 얼마나 소심한지 익히 잘 알기에 더는 말꼬리를 잡지 않고 물러섰다.

그런 그의 마음을 아는지 모르는지, 방양이 투덜거렸다.

"애먼 사람 괴롭히지 말고, 어서 내 일이나 해결해 줘. 나 이제 어떻게 하면 되는 거냐고?"

설무백은 불쑥 되물었다.

"얼마나 적자야?"

방양이 한숨을 내쉬며 하소연했다.

"시국이 하도 어수선하니까 산적이니 마적이니 할 것 없이 이전의 곱절로 달라고 손을 내밀고, 천사교 녀석들은 대놓고 우리 지부마다 사람을 파견해서 금품을 갈취하는 바람에……!"

"그래서 적자가 얼마냐고?"

"……얼추 오 할 정도?"

설무백은 가타부타 아무런 대꾸도 하지 않고 그저 심드렁한 눈빛으로 물끄러미 방양을 바라보았다.

방양이 계면쩍게 웃더니 다시 말했다.

"원래는 그런데, 내가 사전에 빡빡하게 허리띠를 졸라매서 한 이 할 정도로 줄였다. 정말이야."

설무백은 여전히 아무런 대꾸도 하지 않고 침묵한 채 물끄러미 방양을 바라만 보고 있었다.

딴청을 부리고 있던 방양이 벌컥 화를 내듯 말했다.

"그래그래! 알았다! 말 많고 탈 많은 지방의 지부는 크기에 상관없이 일찌감치 끊을 거 다 끊고, 자를 거 다 자르고 해서, 전체적으로 수입은 나지 않지만, 손해도 안 보고 있다! 자, 이제 됐냐?"

설무백은 침묵을 깨며 짧게 한마디 했다.

"날도둑놈!"

방양이 사뭇 정색한 얼굴로 도리질하며 손가락 하나를 좌우로 흔들었다.

"아니, 날도둑놈 아니고 장사꾼, 장사꾼!"

설무백은 정말 졌다는 듯이 실소하며 말했다.

"하늘이 무너지고 땅이 꺼져도 장사꾼은 살아남을 거라더니 정말 그렇구나. 네가 그러고도 사람이냐?"

"어허, 그저 장사꾼이라니까."

방양이 자못 근엄한 가식을 떨고는 재우쳐 헤프게 웃으며 물었다.

"그래서 이제 나보고 어쩌라고?"

설무백은 대수롭지 않게 말했다.

"간단해. 손해가 나는 지점은 지금처럼 계속 철수하고, 끝내 여기도 손해가 나면 문 닫아."

"에이, 그러지 말고……?"

방양이 그가 그냥 화가 나서 하는 말인 줄 알고 소매를 잡으며 늘어지다가 이내 진지한 그의 얼굴을 보고는 물었다.

"진심인 거야?"

"응."

"지금 상황이 그 정도인 거야?"

"응."

"휴……!"

방양이 긴 한숨을 내쉬었다.

그리고 더 말없이 대답했다.

"알았다. 그렇게 하지."

그리고 조건을 달았다.

"대신 내가 문 닫고 철수하면 갈 곳은 네 집밖에 없다는 거

알고나 있어라?"

"여부가 있겠냐."

설무백은 픽 웃으며 대꾸하고는 자리를 털고 일어났다.

방양이 어리둥절해하며 따라 일어났다.

"뭐야? 벌써 가려고?"

설무백은 짧게 대꾸했다.

"바빠."

"여기 누구 안 바쁜 사람 있냐? 그러지 말고 밥이나 먹고 가지?"

"안 돼. 바빠."

"쳇!"

방양이 어쩔 수 없다는 듯 혀를 차며 따라나섰다.

설무백이 손을 내저었다.

"배웅 필요 없어. 정문으로 나갈 것도 아니니까."

"쳇!"

방양은 새삼 혀를 찰망정 그대로 서서 대청을 나서는 설무백을 지켜보았다.

그제야 방양의 뒤에 붙어 있던 공손축이 넌지시 물었다.

"대정상련 애들이 도발하고 있다는 사실은 왜 주군께 밝히지 않으신 겁니까?"

방양은 가볍게 웃는 낯으로 어깨를 으쓱했다.

그리고 돌아서 집무실의 책상으로 돌아가 앉으며 대수롭지 않게 대꾸했다.

"바쁘다잖아요. 바쁜 친구에게 그런 짐까지 지울 수는 없죠."

바쁘다는 설무백의 말은 어김없는 사실이었다.

방양의 집무실을 나선 그는 자신의 입으로 밝힌 것처럼 올 때와 마찬가지로 대문이 아니라 측면의 담을 넘어서 북경상련을 벗어났는데, 그것부터가 사전에 정해진 일일 정도였다.

거기 담벼락 너머에서 그를 기다리는 사람이 있었다.

흑의무복을 단정하게 차려입은 미모의 여인이었다.

설무백을 보자마자 바닥에 무릎을 꿇는 그녀는 바로 사전에 그들만의 흑화를 통한 연락을 받고 도착한 하오문의 구룡자 중 하나인 흑비희였다.

하오문의 구룡자는 중원각지에 흩어져서 문도들을 관리하고 감찰하는 역할을 수행하고 있는데, 흑비희가 북평부 일대의 책임자였던 것이다.

설무백은 난감해하며 서둘러 말했다.

"야야, 너무 그러지 마라. 여자가 이런 백주대낮에 사내 앞에서 무릎을 꿇으면 어쩌자는 거야? 동네 사람들 다 보라고?"

"아, 예."

흑비희가 두말없이 재빨리 일어나서 고개만 숙였다.

하오문의 구룡자가 다 그렇듯 그녀 역시 지난날의 경험으로 인해 설무백을 하늘처럼 떠받들고 있는 것이다.

설무백은 주변의 시선을 피해서 느긋한 걸음으로 북경상련의 담을 낀 호동을 벗어나며 물었다.

"그래, 알아봤어?"

흑비희가 다소곳이 뒤를 따르며 대답했다.

"예. 하지만 결과가 신통치 않습니다."

"결과가 신통치 않다니?"

"지시하신 대로 북평부의 문도들을 죄다 만나 보았습니다만 천사교의 지부라고 특정할 만한 장소는 하나도 드러나지 않았습니다."

"그래?"

"예. 적어도 북평부 내부에는 놈들의 지부가 없는 것 같습니다."

설무백은 묵묵히 고개를 끄덕였다.

혹시 몰라서 명령을 내렸을 뿐, 그 역시 그럴 수 있다는 생각을 하고 있었다.

북평부는 천사교를 배척하는 연왕부의 지배력이 강력한 지역이었다. 어지간해서는 천사교의 지부가 뿌리내리기 어려운 환경인 것이다.

'분명 없지는 않을 텐데……!'

아주 깊이 숨어 있을 가능성이 높았다.

설무백이 그렇게 판단하고 다른 어떤 방도를 취해 보는 것이 좋을까 생각하는 참인데, 흑비희가 조심스럽게 다시 말을 꺼냈다.

“그런데 조금 이상한 것이 하나 있습니다, 주군.”

“이상한 거라니?”

“인근의 대정상련이 얼마 전부터 북평부와 주변 성에 있는 북경상련의 지부를 탐내고 있답니다.”

“대정상련과 북경상련은 원래 경쟁하던 사이였는데, 그게 이상한 건가?”

“대정상련이 원래 북경상련과 경쟁하던 사이는 맞습니다만, 지난날 연왕부가 북경상련의 지지를 받은 이후부터는 판도가 완전히 바뀌었었습니다. 과거 가장 치열하게 경쟁하던 비단 등 포목조차도 기존의 거래처만 유지할 뿐, 확장은 감히 꿈도 꾸지 못할 정도였으니까 말 다했죠.”

“근데, 지금은 아니다?”

“예. 대놓고 가격경쟁에 나선 것은 물론, 전에 없이 여기저기서 마구잡이로 무사들을 모집해서 단체까지 조직하고, 북경상련의 지부나 점포 주변에서 대놓고 시비를 건다고 합니다. 상당히 심각한 수준이던데, 거기 총수께서 아무 말씀 없으시던가요?”

설무백은 내심 ‘이거다’ 하는 생각을 하며 픽 하고 웃었다.

“그 녀석 내게 그런 얘기를 쉽게 할 정도로 넉살 좋은 녀석이 아니야. 아무려나…….”

그리고 재우쳐 말했다.

“가 보자, 거기 대정상련의 총단!”

천의무봉天衣無縫 (9)

예전부터 북경상련과 더불어 강북상권을 반분하고 있는 대정상련의 총단은 북평부의 서쪽으로 북경성을 벗어나서 하북성의 성 경계 지역에 자리한 소오현(小五縣)에 있었다.

정확히는 소오현의 북쪽 지역에 병풍처럼 펼쳐진 소오태산(小五台山)을 배경으로 자리했는데, 이는 대정상련의 총수인 독심수사 섭자생의 가문이 바로 거기 소오태산 일대인 그 고장의 토박이였던 것이다.

그 때문이었다.

북평부와 달리 북평부를 벗어난 하북성 일대에서는 북경상련보다 대정상련의 입김에 오히려 더 크게 작용하는 지역이 많았고, 특히 소오현에서는 대정상련의 이름으로 해결되지 않는 일이 없을 정도로 대단한 위세를 자랑했다.

그러니 문지기의 전갈을 받고 나와서 설무백 일행을 마주한 대정상련의 총관 상소동(想所動)의 불손을 넘어서는 결례는 어쩌면 당연한 것인지도 몰랐다.

"총수님을……? 무슨 일로 총수님을 뵙겠다는 건지……?"

반문을 하며 설무백의 전신을 위아래로 훑어보는 상소동의 거만한 눈빛에는 귀찮음이 가득했다.

설무백은 대수롭지 않게 그걸 무시하며 대답했다.

"논의할 것이 좀 있소."

"논의라……."

상소동이 가소롭다는 미소를 굳이 감추지도 않고 고개를 끄덕이며 말했다.

"알겠소. 그럼 귀하의 의견을 총수님께 전해 드릴 테니, 그리 알고 이만 돌아가 보시오. 얼추 사나흘 후에 다시 오면 총수님을 접견할 기회가 생길지도 모르겠소."

설무백은 안색이 변했다.

여기 소오현에서 대정상련이 가진 위상을 오는 길에 익히 들어서 잘 알고 있었기 때문에 상소동의 태도를 전혀 이해하지 못할 것도 아니었다.

아니, 그에 앞서 북경상련과 어깨를 나란히 하며 강북의 상권을 쥐락펴락하는 거상의 총관씩이나 되는 인물이니 어깨에 힘을 주고 위세를 떤다고 해서 고깝게 보거나 나무랄 일은 아닐지도 모른다.

실제로 설무백은 이곳으로 오면서 굳이 무력으로 해결하지 않아도 될 수 있는 문제라고 생각했다.

기본적으로 실리에 밝은 상인이니만큼 사람 보는 눈은 가지고 있을 테니, 굳이 두들겨 패거나 죽이지 않고 적당한 설득만으로도 얼마든지 해결될 문제일 수 있다고 판단했던 것이다.

물론 혹시나 하고 의심하는 것처럼 이번 대정상련의 행보가 마교의 입김과 무관하다는 전제에서 말이다.

그런데 이게 뭔가?

기본적으로 사람조차 알아보지 못하는 눈을 가진 총관이라니 참으로 한심했다.

대정상련의 수준이 고작 이 정도라면 굳이 귀찮게 배려할 것도 없이 따끔한 맛을 보여 주는 것이 나지 않을까 싶었다.

아니, 그 방법밖에 없는 것 같았다.

그 밥에 그 나물이라는 식으로, 총관이 고작 이것밖에 안 되는 인물이라면 이런 인물을 총관의 자리에 앉혀 놓은 대정상단의 총수 독심수사 섭자생은 안 봐도 뻔한 인물이라는 생각이 들었다.

'그런 인물이 북경상련과 어깨를 나란히 한다는 대정상련의 총수?'

설무백은 문득 그런 의문이 들었으나, 깊게 생각하지 않았다.

그 자리와 어울리지 않는 사람이 그 자리에 앉아 있다는 것에는 워낙 다양한 이유가 존재했다.

지금의 그는 이미 그것을 따져 보고 싶지 않을 정도로 마음이 굳어진 상태였다.

그는 슬쩍 안내자로 나선 흑비희를 쳐다보며 물었다.

"왜 저라는 것 같아?"

흑비희가 당연한 것 아니냐는 투로 대답했다.

"주군께서 빈손이기 때문일 겁니다."

"응?"

"선물이요, 뇌물(賂物)! 친절하게 기회도 다시 주지 않습니까. 다음에 돌 때는 꼭 빈손이 아니길 바란다는 눈빛을 노골적으로 드러내면서요."

"아……!"

설무백은 이제야 깨닫고는 무인인 그로서는 전혀 생각할 수 없었던 방향의 답을 알려 준 흑비희에게 감탄하며 엄지손가락을 치켜세웠다.

"구룡자의 선두는 흑비희라고 하더니만, 정말 그렇군."

흑비희가 이채로운 눈빛으로 설무백을 바라보았다.

칭찬에 고마워한다거나 감격하는 것이 아니라 신기하다는 눈빛이었다. 이어서 흘린 말도 그랬다.

"재미있네요."

"뭐가?"

"주군이 생각 외로 너무 순진해서요."
설무백은 멋쩍게 입맛을 다셨다.
"이게 그리 쉬운 답이었다는 거야?"
그의 면전에서 내내 경직된 모습이든 흑비희가 처음으로 웃는 낯을 보이며 대답했다.
"보통은 다 알죠. 어디를 가도 다들 이런 종류의 비리에 익숙하니까요. 이런 건 인간관계에 있어 없어서는 안 되는 윤활유라고 생각할 정도죠. 그런데 주군은 모르시네요."
설무백은 새삼 입맛을 다시다가 픽 웃으며 물었다.
"칭찬인 거지?"
흑비희가 기꺼이 고개를 끄덕이며 새삼 웃었다.
"당연하죠. 전지전능하다고만 생각하던 주군께서 이처럼 인간적인 약점도 가지고 계시다니, 정말 새롭고 매력적이에요. 여자로서 반할 정도입니다."
설무백은 대답에 앞서 슬쩍 자신의 그림자를 내려다봤다.
다행히 이전의 경고를 잊지 않았는지 요미가 튀어나오지 않았다. 대신 나직한 목소리가 들려왔다.
"위험한 발언을 하네?"
흑비희가 심상치 않은 기색으로 변해서 주변을 둘러보았다.
이제 보니 그녀도 보통내기가 아니었다.
설무백의 곁을 따르는 요미의 존재를 익히 잘 알고 있을 텐데, 요미의 경고에 주눅이 들기는커녕 위치를 파악하려는 행동을 보이고 있었다.

설무백은 내심 고소를 금치 못하면서도 굳이 나설 일은 아니라고 생각하며 하던 얘기를 마저 끝내기 위해서 상소동에게 시선을 던지며 물었다.

"그런 건가? 뇌물 뭐 그런 거를 바라는 거야?"

때론 진실이 그 어떤 거짓보다도 더 사람을 불편하게 만드는 경우가 있다. 지금 상소동이 그랬다.

상소동의 입장에선 그럴 수밖에 없었다.

그에게 비리는 까발리는 것보다 감추는 것이 나은 인간관계였다. 그래야 어떤 식으로든 그에게 이득이 되기 때문이다.

하물며 그게 다른 누구도 아닌 자신의 비리라면 두말할 나위도 없었다.

이건 이득에 앞서 생존이 달려 있는 것이다.

"좋게 대해 주면 만만하게 보는 잡것들이 꼭 있지."

상소동은 한마디로 설무백을 잡것으로 만들어 버리고는 슬쩍 뒤에 대기하고 있던 사내들의 선두인 청의중년인에게 시선을 주었다.

사실 무공의 무자도 모르는 책상물림인 그가 그 어떤 상대 앞에서도 기죽지 않고 거만을 떨 수 있는 이유는 바로 그 청의중년인에게 있었다.

대정상령의 총수인 독심수사 섭자생이 직접 그의 호위로 붙여준 그 청의중년인이 대정표국(大井鏢局)과 더불어 대정상련이 보유한 양대 무력 중 하나인 청비당(靑緋堂)의 부당주를 역임했으며, 인근 소오현에서는 말할 것도 없고, 저 멀리 하북과 산동까지 명성을 떨치고 있는 고수인 소면광도(素面狂刀) 심유(沁幽)였기 때문이다.

"조용히 잘 처리하게."

상소동은 자신의 말과 동시에 자신만만하게 히죽 웃으며 나서는 심유의 모습을 보며 추호도 설무백 등의 죽음을 의심하지 않고 돌아섰다.

다른 누구야 이런 일로 굳이 목숨까지 빼앗을 필요가 있느냐고 말할 수도 있겠지만, 그의 생각은 전혀 달랐다.

누구든 그의 비리를 아는 것은 상관없으나, 어떤 식으로든 입 밖으로 내는 것은 절대 용납할 수 없었다.

목숨으로 책임져야 했다.

그것이 여태 그가 지금의 자리를 보존할 수 있었던 이유였다.

그러나 돌아가는 상황은 그의 생각과 전혀 달랐다.

그의 결정으로 조용히 처리된 것은 설무백 등이 아니라 바로 그의 지시를 받고 나선 심유였기 때문이다.

"죽일까요?"

상소동은 이 말을 듣고 새삼스럽게 확인은 왜 하나 했다. 그래서 못내 짜증 담긴 눈빛으로 심유를 돌아보았다.

때를 같이해서 설무백이 심드렁한 목소리가 들려왔다.

"죽여."

상소동이 심유를 바라보는 순간과 동시였다.

공야무륵이 탄환처럼 심유의 곁을 스쳐 지나갔고, 뒤를 이어 어리둥절한 눈빛을 드러낸 심유의 얼굴이 허공으로 둥실 떠올랐다.

심유의 몸이 그제야 옆으로 기울어졌다.

머리가 떨어져 나간 목에서 뒤늦게 터진 핏물이 잔인한 모습으로 바닥을 적시기 시작했다.

"……!"

상소동은 파랗게 질린 모습으로 굳어졌다.

이제야 그는 심유가 물은 것이 아니라는 것을, 바로 공야무륵이 설무백에게 건넨 질문을 자신이 오해했다는 것을 깨달았으나, 지금 중요한 것은 그게 아니었다.

그의 판단이 틀렸다.

상대, 설무백 등은 무언가 아쉬워서 청탁을 위해 찾아온 무림의 삼류 하류배들이 아니었다.

고수들이었다.

그때, 그가 잔뜩 겁먹은 모습으로 얼어붙어 버린 심유의 수하들을 바라보며 그것을 깨닫는 그 순간에 공야무륵이 그에게 시선을 던지며 물었다.

"저놈은요?"

설무백은 턱을 만지며 삐딱하게 상소동을 바라보았다.

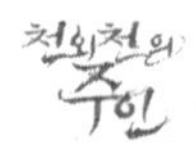

상소동은 감히 도망칠 생각도 하지 못한 채 재빨리 바닥에 엎드려서 머리를 조아리며 빌었다.

"살려 주십시오! 제가 눈이 어두워서 고인을 몰라 뵈었습니다! 용서해 주십시오!"

설무백은 절로 실소했다.

살다 살다 이렇게나 태세 전환이 빠른 인간은 또 처음이었다.

그는 짐짓 싸늘하게 말했다.

"하나만 묻자. 제대로 대답한다면 살려 주마. 최근 대정상련이 접촉한 자들이 누구냐?"

"……!"

상소동이 바닥에 머리를 처박은 채로 움찔했다.

무언가 알고는 있는데, 선뜻 대답하지 못하는 것이었다.

설무백의 눈빛이 차갑게 변했다.

잔인할 때는 그 누구보다도 잔인해질 수 있는 사람이 그였다.

지금이 그랬다.

그는 기다리지 않고 발걸음을 옮겨서 상소동의 스쳐 지나가며 가차 없이 말했다.

"죽여."

"아니, 저기……!"

상소동의 화들짝 놀라며 고개를 쳐들었다.

공야무륵이 마치 그 순간을 기다린 것처럼 도끼를 휘둘렀다.

도끼가 달무리를 닮은 반월형 섬광을 그리며 상소동의 목을 훑고 지나갔다.

상소동의 머리가 여지없이 떨어져서 허공으로 떠오르고, 붉은 핏물이 잔인하게 뿜어졌다.

설무백은 그게 아랑곳하지 않고 태연하게 발걸음을 옮겼다.

넋을 놓고 있다가 정신을 차린 심유의 부하 사내들이 칼을 뽑아 든 채 그를 에워싸며 주춤주춤 뒷걸음질 쳤다.

"익!"

사내들 중 하나가 용기를 내며 달려들었다.

설무백은 슬쩍 손을 들어서 달려드는 사내를 가리켰다.

그의 손가락을 떠난 예리한 기세가 쇄도하던 사내의 이마를 관통했다.

무극지였다.

사내는 뒤통수를 통해 곧게 뻗어 나간 한줄기 핏물과 함께 뒤로 나자빠졌고, 그대로 전혀 움직이지 못했다.

말 그대로 즉사였다.

"……!"

설무백이 앞으로 나가가는 속도에 따라 거리를 유지하며 물러나던 사내들이 화들짝 놀라며 멀찍이 물러섰다.

설무백은 어디까지나 무심하게 그런 사내들을 바라보며 짧

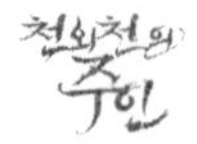

게 경고했다.

"덤비지 않으면 살 수 있다."

사내들이 수중의 칼을 힘없이 내리며 좌우로 벌어져서 길을 텄다.

실로 압도적인 설무백의 무위 앞에서 그들이 취할 수 있는 것은 그것 말고는 아무것도 없었다.

설무백은 태연하게 사내들을 스쳐나서 연무장처럼 드넓은 대정상련의 마당을 거슬렀다.

때를 같이해서 어디선가 경종이 울렸고, 저 멀리 전각과 정원이 어우러진 영내의 소로를 통해서 일단의 사내 무리가 우르르 쏟아져 나오고 있었다.

그러나 설무백의 표정에는 아무런 변화가 없었다.

일개 상단의 무사들이 그에게 위협이 될 수는 없는 일이었다.

"누가 독심수사 섭자생이지?".

설무백은 가타부타 다른 설명 없이 거두절미하고 물었다.

마당으로 우르르 몰려나오는 사내들의 선두에 제법 기도가 남다른 서너 명의 노인이 포함되어 있었는데, 그중에 누가 대정상련의 총수인 독심수사 섭자생인지는 알 수가 없었다.

제법 화려한 옷을 입은 선두의 노인들 중 하나가 눈살을 찌푸리며 화를 냈다.

"이런 개뼈다귀 같은 시러배 잡놈을 보았나! 네놈이 감히 여기가 어디라고 찾아와서 함부로 우리 어르신의 이름을 입에 담으며 행패를 부리는 게냐!"

설무백은 무심하게 노인을 외면하며 중얼거렸다.

"우리 어르신이라고 했으니, 적어도 당신은 섭자생이 아니겠군."

공야무륵은 매우 살기가 동해 있었던 것 같았다.

그게 아니면 설무백을 잡놈 취급하는 상대 노인의 태도가 그의 분노를 격발시킨 것일 터였다.

설무백의 말이 끝나기 무섭게 그는 앞으로 쏘아져 나갔고, 단 한 번의 도끼질로 가차 없이 노인의 머리를 박살 냈다.

파샤-!

뼈와 살이 뭉그러지는 섬뜩한 소음과 함께 눈을 부라리며 화를 내고 있던 노인의 얼굴이 사라졌다.

붉은 피와 허연 뇌수가 사방으로 튀는 가운데, 머리를 잃은 노인의 육신이 힘없이 앞으로 고꾸라졌다.

죽음의 공포가 만들어 낸 정적 속에서 기세등등하게 우르르 몰려나왔던 사내들이 주르륵 뒤로 물러났다.

다들 경악과 불신에 찬 눈빛이었다.

그 이유가 한쪽에 물러나 있던 흑비희의 입에서 밝혀졌다.

"그자는 대정표국의 국주인 능라검객(綾羅劍客) 왕소택(王少澤)입니다."

말을 하는 흑비희의 목소리가 가늘게 떨리고 있었다.

그녀도 적잖게 놀란 것인데, 그럴 수밖에 없었다.

대정표국이라면 청비당과 더불어 대정상련이 가진 양대 무력 중 하나였고, 거기 수장인 국주라면 당연히 대정상련이 보유한 양대 고수 중 하나라고 봐도 무방했다.

그런 고수를 일격에 죽인, 그것도 머리를 박살 내서 죽여 버린 공야무륵의 무지막지한 무력에 그녀도 놀랄 수밖에 없었던 것이다.

그러나 설무백의 태도는 어디까지나 무심했다.

그는 장내의 상황은 자신과 아무런 상관이 없다는 태도로 나머지 선두의 세 노인에게 시선을 고정하고 있었다.

대정표국의 국주가 누군지 아는 흑비희라면 당연히 대정상련의 총수가 누군지도 알고 있을 테지만, 그는 굳이 그녀에게 묻지 않고 그들, 화려한 비단옷의 세 노인을 채근했다.

"누가 독심수사 섭자생이고?"

설무백의 위압감에 놀라서 움찔한 그들, 세 노인 중 하나가 자못 엄중한 목소리로 꾸짖었다.

"대체 이게 무슨 짓인가? 뒷골목 건달이 구역 싸움을 벌여도 먼저 통성명을 하고, 시비를 가리며 어깨를 재는 것이 묵시적인 법도이거늘, 네놈은 어찌하여……!"

"당신이구나?"

설무백은 갸름한 얼굴에 좌우로 길게 찢어진 눈매가 날카로운 상대 노인에게 시선을 고정하며 특유의 미온한 미소를 지어 보였다.

무심결에 나온 그 미소가 상대 노인을, 바로 대정상련의 총수인 독심수사 섭자생의 두려움을 자극한 모양이었다.

화들짝 놀라며 뒤로 물러났다.

대신에 좌우에 있던 두 명의 노인과 그 뒤에 서 있던 청의 중년 하나가 반사적으로 칼을 뽑아 들고 있었다.

흑비희가 묻지도 않은 설명을 해 주었다.

"좌측의 매부리코는 청비당주인 삼절수사(三節秀士) 약청(藥晴)이고, 우측의 홀쭉이와 그 뒤에 있는 누런 얼굴은 얼마 전 새롭게 조직한 섭자생의 친위대주인 독비호(毒匕虎) 사진걸(舍陳乞)과 부대주 소면호(素面虎) 단소(單所)입니다."

삼절수사 약청이 누군지는 몰라도, 독비호 사진걸과 소면호 단소는 전생에서 얼핏 들어 본 적이 있었다.

'산동 북부의 제산(提山)일대에서 하북성을 넘나들며 살인과 방화 등 온갖 악행을 자행하던 도적 패거리인 풍도당(風刀堂)의 두목과 부두목이었던 자들이었지 아마?'

그것으로 설무백의 마음이 결정되었다.

독비호 사진걸과 소면호 단소는 죽어도 싼 놈들이었고, 그런 놈들을 받아들인 독심수사 섭자생 등 역시 죽어도 쌌다.

"어디서 쓰레기들만 긁어모았군."

공야무륵이 예리하게 설무백의 마음을 읽으며 나섰다.

그저 한걸음을 내딛는 것으로 보였는데, 그의 신형이 어느새 사진걸과 단소의 곁을 스치고 지나가서 약청을 덮치고 있었다.

"헉!"

약청이 부지불식간에 헛바람을 삼키며 반사적으로 수중의 칼을 쳐들었다.

때를 같이해서 그가 바라보는 방향, 공야무륵이 지나쳐 온 곳에 서 있던 사진걸과 단소의 머리가 허공으로 두둥실 떠올랐다.

그들은 이미 공야무륵의 도끼에 목이 잘려졌던 것이다.

약청이 허공으로 떠오르는 그들의 머리와 뒤늦게 솟구치는 핏물을 보고 두 눈을 부릅뜨는 순간, 공야무륵이 내려친 도끼를 막은 그의 칼이 박살 났다.

쨍—!

거친 금속성과 함께 박살 난 칼날의 파편이 사방으로 비산하고, 일부 파편은 약청의 얼굴을 포함한 전신에 박혀 들었다.

"으악!"

약청이 비명을 지르며 엉덩방아를 찧었다.

그런 그의 머리를 공야무륵의 도끼가 수박처럼 박살 내 버렸다.

공야무륵의 도끼는 약청이 쳐든 칼을 박살 내는 것에서 멈춘 것이 아니라 그대로 밀고 들어갔던 것이다.

퍽—!

섬뜩한 파열음이 터지며 붉은 피와 허연 뇌수가 사방을 튀었다.

머리를 잃은 약청의 몸뚱이가 두 손을 허우적거리다가 뒤늦게 바닥으로 고꾸라지고 있었다.

"저, 저런……!"

섭자생이 경악과 불신에 차서 말을 더듬다가 이내 발작적으로 소리쳤다.

"저, 저놈을 잡아라! 저놈을 잡는 자에게 십 년 치 녹봉과 국주와 대주의 자리를 주겠다!"

제아무리 돈과 지위에 눈이 멀었다고 해도, 눈앞에서 자신들의 상관이 머리가 떨어지고 또 박살 나는 끔찍한 모습으로 죽는 것을 지켜본 자들이 설마 섭자생의 말을 듣고 나설까 싶었으나, 놀랍게도 나서는 자들이 있었다.

그것도 한둘이 아니었다.

"쳐라!"

"죽여라!"

눈이 시뻘게져서 악머구리처럼 고함을 내지르며 달려드는 자들이 얼추 전체 인원의 삼 할인 삼십여 명이나 되었다.

그리고 그들 대부분은 독비호 사진걸과 소면호 단소의 예하에 있던 섭자생의 친위대들이었다.

즉, 대정표국의 국주인 능라검객 왕소택을 따르던 몇몇 충직한 표두와 표사들을 제외하면 지난 날 사진걸 등을 따르며 살인과 방화, 약탈을 일삼던 떼강도들만이 나선 것이었다.

"무식하면 용감하다더니……!"

공야무륵이 전광석화처럼 그들을 맞이해 나아갔다.

누런 이를 드러낸 채 핏물에 젖은 도끼를 쳐들며 나서는 그의 모습은 말 그대로 피에 굶주린 한 마리의 야수처럼 보였다.

상황도 그랬다.

인원이 몇이건 일개 도적단의 무리가 공야무륵의 상대가 될 수는 없는 일이었다.

공야무륵은 실로 양떼 우리에 뛰어든 한 마리 늑대처럼, 아니, 사자처럼 사내들을 처리했다.

싸움이 아니라 도살이었다.

공야무륵은 졸린 듯 반쯤 감긴 눈으로 장내를 종횡하며 도살자, 살인광으로 유명했던 전생의 모습을 유감없이 드러냈고 있었다.

장내는 삽시간에 피와 살점이 난무하는 아수라장으로 변해 버렸다.

"으……!"

명령을 내리고 뒤로 물러나다가 그와 같은 광경을 목도한 섭자생은 절로 신음을 흘리며 뒤돌아 뛰기 시작했다.

너무 놀란 나머지 경공을 펼친 생각조차 하지 못한 것이다.

그러나 그가 정신을 차리고 경공을 펼쳤어도 상황은 달라질 일이 없었다.

두 사람, 흑영과 백영이 벌써 그의 뒤를 차단하고 있었기 때문이다.

"헉!"

섭자생은 느닷없이 땅에서 솟은 것처럼 나타나서 앞을 막아서는 흑영과 백영의 모습에 놀라서 기겁하며 절로 엉덩방아를 찧었다.

그리고 엉덩이를 뒤로 끌며 물러나다가 무언가에 막혀서 발작적으로 돌아섰다가 다시금 기겁했다.

설무백이 어느새 거기 서 있었던 것이다.

"대, 대체 다, 당신은 누구……요?"

섭자생이 경악과 불신, 겁에 질린 모습으로 말을 더듬고 있었다.

설무백은 그에 아랑곳하지 않고 그를 외면하며 돌아서서 장내를 향해 말했다.

낮으면서도 그윽한, 하지만 모종의 기운이 스며들어서 장내의 모두가 또렷이 들을 수 있는 목소리였다.

"저항하지 않으면 살 수 있다. 내 말을 따르겠다면 즉시 병기를 버리고 자리에 앉아라."

앞서 나섰던 자들은 이미 거의 공야무륵의 도끼에 피 떡이 되어서 바닥에 널브러져 있었다.

그들 중에 아직 죽지 않고 살아남은 자들과 애초에 나서지 않고 물러났던 자들이 거의 동시에 무기를 내던지며 바닥에

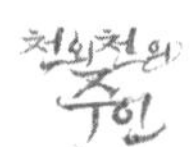

엎어졌다.

그때였다.

대정상련의 내원이 시작되는 전각들 사이의 소로에서 요미의 낭랑한 목소리가 들려왔다.

"이놈 하나밖에 없던데?"

소로를 벗어나는 요미의 손에는 제법 덩치 큰 사내의 발목이 잡혀 있었다.

죽었는지 살았는지 모르게 늘어진 적포사내 하나를 마치 거적때기처럼 질질 끌고 온 것이다.

그랬다.

설무백은 앞서 섭자생이 무사들을 이끌고 나설 때 암중의 요미에게 대정상련의 안채를 수색하라고 지시했다.

본능처럼 느껴지는 예사롭지 않은 기운이, 바로 마기가 있었기 때문이었데, 과연 그 느낌이 정확했던 것이다.

"수고했어."

설무백은 무심한 듯 무심하지 않은 목소리로 요미를 치하했다. 그도 요미가 자신의 칭찬을 좋아한다는 것을 모르지 않았다.

요미가 거적때기처럼 질질 끌고 온 적포사내를 설무백의 면전에 내려놓으며 기분 좋게 헤헤 웃었다.

순간, 적포사내의 모습을 확인한 섭자생의 두 눈이 튀어나올 것처럼 커졌다.

설무백은 예리하게 그런 섭자생의 반응을 놓치지 않고 바라보며 씩 웃는 낯으로 물었다.

"당신을 부추긴 종자가 이놈이지?"

섭자생이 대답하지 않고 침묵했다.

설무백은 상관하지 않고 재우쳐 물었다.

"이자가 무엇을 주고, 무엇을 요구하던가?"

"……."

"이자가 어디의 누군지는 알아?"

"……."

섭자생은 끝내 입을 열지 않았다.

너무나도 어처구니없는 일을 당해서 놀라고 당황한 나머지 넋이 나간 사람 같았다.

설무백은 냉정하게 그 모습을 외면하며 요미를 향해 말했다.

"아혈을 풀어 줘."

요미가 끔벅이는 눈으로 쳐다보며 확인했다.

"죽을 텐데?"

설무백은 고개를 끄덕였다.

"그걸 보여 주려고."

요미가 그걸 보여 줘서 뭐 하려는 건지 모르겠다는 표정이면서도 눈만 깜박이고 있는 적포사내의 뻣뻣한 몸을 섭자생의 면전에 밀어 놓고는 아혈을 풀어 주었다.

그러자 바쁘게 눈동자를 이리저리 굴려서 설무백 등을 둘러보던 적포사내가 한순간 무기력한 눈빛으로 변하더니 이내 검붉은 피를 토하며 죽어 버렸다.

스스로 탈출이 불가능하다는 판단을 내리기 무섭게 역시나 예상대로 자결해 버린 것이다.

툭-!

섭자생이 적포사내의 주검이 옆으로 쓰러지면서 난 소리에 경기를 일으키는 것처럼 화들짝 놀라고 있었다.

설무백은 그런 그에게 나직이 말했다.

"마교다. 당신은 마교와 손잡은 거다. 이 얘기가 왕부로 들어가면 어떻게 될까?"

섭자생이 공포에 질린 표정으로 몸서리를 쳤다.

연왕이 얼마나 마교를 저어하는지 그도 익히 잘 알고 있는 것이다.

최소한 반역에 준하는 죄를 물어서 구족이 멸할 것이 자명했다.

"나, 나는 그저……!"

"마지막으로 묻겠다."

설무백은 잘라 물었다.

"저들이 당신에게 무엇을 주고, 무엇을 요구했지?"

섭자생이 잠시 이러지도 저러지도 못하겠다는 표정이다가 이내 굳게 작심한 표정으로 설무백의 면전에 엎드려서 머리를 조아렸다.

"내가 비록 평생 실리를 따지고, 이득을 얻기 위해서 목숨을 걸며 살아온 상인에 불과하지만, 적어도 옳고 그른 것은 아외다! 하지만 세상의 그 어떤 부모도 자식의 목숨 앞에서는 감히 그런 것을 따질 수 없음이오! 부탁하오! 부디 제 자식 놈 좀 살려 주시오! 그래만 준다면 내가 가진 전부를 드리겠소!"

설무백은 한 방 맞은 표정으로 굳어졌다.

이건 실로 그가 생각하지 못한 부분이었다.

어째 상황이 그의 생각과 전혀 다른 방향으로 전개되고 있었다.

천의무봉天衣無縫 (10)

상대가 마교임은 섭자생도 알고 있었다.

그러나 오대독자였다.

말년에 얻은 자식이라 실로 금이야 옥이야 천금처럼 길렀다.

그런 아이를 그들이 납치해 간 것이다.

섭자생은 그들의 요구를 절대 거절할 수 없었다.

설령 그것이 그가 가진 모든 것을 포기하라는 요구일지라도 말이다.

"대정상련이 가지고 있는 중원 전역의 모든 지부와 점포를 자기들에게 넘기라고 했소. 나는 당연히 승낙했고, 그들은 보름 후에, 그러니까 지금 시점으로 따지면 정확히 사흘 후에 저들이 사람을 보내서 여기 총단을 필두로 인수인계를 시작하기로 했소. 인수인계가 끝나는 즉시 우리 장청(張淸)이를 보내 주기로 했고 말이오."

대정상단의 중심에 우뚝 전각, 섭자생의 집무실인 대연각(大硏閣)의 대청이었다.

팔선탁에 마주앉아서 섭자생의 설명을 듣던 설무백은 정말 한심해서 절로 한숨이 나왔다.

"인수인계만 끝나면 아들을 돌려보내주고, 적당한 대가도 치루겠다는 저들의 말을 정말 믿고 있는 거요?"

섭자생이 힘겹게 고개를 저으며 탄식했다.

"내 입장에선 믿을 수 없어도 믿어야 하는 일이오. 아들의 목숨이 그들의 손에 있는 한 다른 방도가 없는데, 믿고 안 믿고를 어찌 따질 수 있겠소. 그저 믿는 수밖에는 다른 도리가 없는 거요."

설무백은 이제야 무언가 눈에 보이는 것이 있었다.

"그럼 갑자기 무사들을 모은 것이 나름 대비를 하려던 거였군그래."

섭자생이 깊은 한숨을 내쉬었다.

"독비호 사진걸과 소면호 단소 등이 악명 자자한 흑도의 무리라는 것은 나도 익히 잘 알고 있소. 하지만 돈으로 구할 수 있는, 그것도 갑자기 구할 수 있는 고수는 그리 흔치 않고, 저들의 귀에 들어가는 게 두려워서 아름아름 뒷구멍으로 구하다

보니, 그런 자들만 꼬입디다. 내 딴에는 그게 최선이었소."

누군가는 하도 사방에 널려서 먹지 않고 썩혀 버리는 것도 다른 누군가는 없어서 못 먹는다는 말이 있다.

섭자생이 딱 그 짝이었다.

워낙 하수상한 시절이라 사방에 무사들이 널리고 널렸지만 막상 그는 제대로 된 무사 하나 구하기가 쉽지 않았던 것이다.

설무백은 말을 듣다 보니 조금 양심이 찔려서 머쓱하게 입맛을 다셨다.

"그런 마당에 내가 그나마 믿을 수 있는 왕소택과 약청을 죽여서 미안하게 됐군."

섭자생이 코웃음을 쳤다.

"믿을 수 있는 것이 다 썩었소! 마교의 무리를 끌어들인 것이 그들이오! 어쩔 수 없이 모른 척했을 뿐, 하루에도 열 번은 더 씹어 먹고 싶은 자들이었소!"

"그런데 왜 그들을……?"

설무백은 무심결에 반문하다가 이내 말꼬리를 흐렸다.

섭자생은 아들의 목숨으로 인해 저들의 말을 들을 수밖에 없는 입장이지 않는가.

만일 마교의 무리를 끌어들인 왕소택과 약청를 처벌했다간 어떤 식으로 마교의 보복이 있을 것이라고 생각해서 두려웠을 터였다.

"그렇군."

설무백은 한결 마음이 편해졌다.

우연찮게도 죽을 놈들이 죽은 셈이었다.

그는 덕분에 홀가분해진 마음으로 내심 냉정하고 심도 깊게 전후사정을 살펴보았다.

우선 대정상련의 지부와 점포를 빼앗을 이유는 달리 없었다. 바로 거점을 필요하다는 얘기였다.

그렇다면 천사교가 아니었다.

천사교는 이미 중원 전역에 거쳐 다대한 거점을 확보하고 있는 것이다.

"저들은 천사교가 아니야. 알고 있나?"

혹시나 하고 던진 그의 질문에 섭자생이 즉시 답을 내놓았다.

"알고 있소. 저들이 그럽디다. 자신들은 천사교가 아니라 오행마가(五行魔家)의 제자들이라고. 나는 생전 처음 듣는 이름인데, 혹시 들어 봤소?"

설무백도 처음 들어 보기는 섭자생과 매한가지였으나, 그동안 입수한 정보가 적지 않아서 어렴풋이 유추할 수 있었다.

"아마도 마교의 예하에 속한 마도오문의 하나일 거요."

섭자생이 오만상을 찡그리며 코웃음을 쳤다.

"흥! 있는 대로 꼴값은 다 떨더니, 결국 자기들끼리도 싸우고 있다는 소리군."

설무백은 대번에 핵심을 찌르는 섭자생을 이채롭게 바라보았다.

섭자생의 별호가 왜 독심수사인지 이제야 알 것 같았다.

아무튼, 그와 별개로 마도오문의 하나인 오행마가라니 실로 흥미로웠다. 마황동에서 마교총단의 마졸들인 혈귀들에 이어 다시금 천사교 이외의 세력에 소속된 마졸들의 실력을 확인할 수 있게 된 것이다.

"사흘 후라고 했소?"

"그렇소. 사흘 후요. 늦은 저녁에 도착한다고 했소."

설무백은 마음을 다잡고 전에 없이 싸늘한 눈빛으로 섭자생을 직시했다.

섭자생의 입장에선 그저 마주하는 것만으로도 왜 그런지 모르게 오금이 저리고 등줄기가 서늘해지며 식은땀이 줄줄 흐르게 되는 눈빛이었다.

그 상태로, 그는 힘준 목소리로 입을 열었다.

"잘 들으시오. 나는 이유 여하를 막론하고 대정상련의 지부와 점포가 무교의 무리가 넘어가는 것은 그냥 좌시할 수 없소. 그로인해 다른 사람들이 입을 피해가 이만저만하지 않을 것이기 때문이오. 하지만 당신의 사정을 듣고 보니 무턱대고 저들을 치는 것도 도리가 아닌 듯하여 약간의 시간을 주겠소."

"시간을 주다니……?"

"사흘 후, 그들의 와서 모든 인수인계가 끝날 때까지 기다려 주겠다는 거요. 대체 저들이 그다음에 당신의 아들을 돌려줄 가능성이 얼마나 되는지는 모르겠지만, 그때까지는 기다려 주겠소. 단!"

설무백은 힘주어 강조했다.

"그 이후 저들이 당신의 아들을 돌려주지 않는다고 해도 나는 나설 것이고, 저들을 하나도 남김없이 쓸어버릴 것이오! 그 자리에서 돌려주지 않는다면 영원히 돌려주지 않겠다는, 아니, 솔직히 말해서 이미 죽었다는 뜻이기 때문이오!"

섭자생이 어금니를 악물며 쓰게 웃는 낯으로 고개를 끄덕였다.

"아무리 생각해도 다른 선택의 여지가 없구려. 알겠소. 그리하리다!"

사흘이라는 시간은 짧다면 짧지만, 길면 긴 시간일 수 있었다. 다만 그런 통속적인 언어의 유희를 떠나서 설무백에게 사흘은 실로 황금보다도 더 아깝고 귀중한 시간이었다.

마교의 발호 이후 하루가 아니, 한시가 다르게 급변하는 것이 작금의 세상이기에 그럴 수밖에 없었다.

관외와 세외에서는 기존의 문파들이 하루가 멀게 멸문(滅門)

의 소식을 전하고, 중원무림에서는 마침내 마교의 주구인 천사교가 이빨을 드러낸 가운데, 거의 대부분의 중소방파가 천사교의 영향력 아래 들어갔으며, 정도의 하늘이자 기둥인 구대문파조차 제대로 힘을 쓰지 못하는 상태로 내일을 기약할 수 없는 상황이었다.

특히 구파일방과 팔대세가의 힘이 집중된 무림맹이 밀리고 있다는 사실이 실로 최악이었다.

기습이든 뭐든 간에 본거지가 공격받을 정도라면 이미 힘의 균형이 무너졌다고 봐야 하는 것이다.

그래서였다.

타고난 진득함으로 내색을 삼가고 있었을 뿐, 설무백이 느끼는 사흘은 일각이 여삼추였다.

하오문의 정보를 통해서 마황동에서 살아남은 각대문파의 존장들이 무사히 무림맹으로 복귀했다는 사실을 전해 듣기는 했으나, 아직 제대로 파악되지 않고 있는 몇몇 구대문파와 팔대세가의 본산과 본가의 상황이 실로 그의 마음을 더 없이 불편하게 해서 더욱 그랬다.

이러니저러니 해도 구대문파와 팔대세가의 저력은 무시할 수 없었다.

거대흑도방파들이 등을 돌린 작금의 상태에서 구대문파와 팔대세가가 무너진다면, 적어도 그들의 저항이 사라진다면 마교와의 싸움은 실로 버거울 수밖에 없다는 것이 설무백이 보는 작금의 판세고, 미래였다.

그나마 다행인 것은 구대문파와 팔대세가의 상황을 알아보려고 전력을 다하는 와중에 자연히 알게된 녹림맹과 장강수로십팔타, 그리고 황하수로연맹의 동향이었다.

그들은 건재했다.

천사교의 무리와 중원 각지에서 산발적인 싸움을 벌이는 것으로 건재함을 과시하고 있었다.

그리고 그것으로 인해서 작금의 마교에 대한 설무백의 생각은 더욱 확고하게 굳어졌다.

작금의 마교는 통일되지 않았다.

관외와 세외에서는 물불 가리지 않고 설치는 마교의 무리들이 정작 중원에서 벌어지는 천사교의 싸움에는 절대 가담하지 않고 있다는 것이 그와 같은 상황을 웅변적으로 강하게 증명하고 있었다.

기다리던 손님이 대정상련의 문을 두드린 것은 설무백이 그렇게 마음을 굳힌 다음 날, 섭자생의 말마따나 사흘이 지난날의 저녁이 지난 자시(子時 : 오후 11시~오전 1시) 말이었다.

"그, 그들이 왔습니다!"

섭자생의 집무실인 대연각의 대청이었다.

지난날 설무백의 권고에 따라 병기를 내리고 물러나는 바람에 목숨을 부지하고 수문장으로 전직한 대정표국의 대표두 유성표(流星鏢) 노식(盧植)는 더 없이 긴장한 모습으로 뛰어들어 와서 손님의 방문을 알리고 있었다.

노식의 보고를 들은 섭자생도 그처럼 긴장한 모습으로 마른침을 삼키며 설무백을 바라보았다.

설무백은 가만히 고개를 끄덕였다.

"나가 보시오."

섭자생이 자리를 털고 일어나며 노식을 향해 물었다.

"몇이나 되더냐?"

노식이 옆으로 물러나서 길을 내주며 대답했다.

"대략 오십 명 정도입니다."

예상보다 많은 인원이었다.

섭자생도 그렇게 생각하는지 다시금 설무백을 돌아보았다.

설무백은 냉담하게 말했다.

"잊지 마시오. 저들의 행동을 지켜보다가 아니다 싶으면 그냥 나설 거요."

섭자생은 힘겨운 표정으로 묵묵히 고개를 끄덕이며 대청을 나섰다.

아니다 싶다는 것이 이미 그의 아들이 죽었다고 판단한다는 뜻임을 그도 익히 잘 아는 것이다.

마도오문의 하나인 오행마가의 마두, 진천사도(震天邪刀) 갈

마륵(曷魔肋)은 못내 짜증이 나서 눌러 쓰고 있던 죽립을 신경질적으로 뒤로 넘겼다.

분명 오늘 저녁에 오겠다는 말을 해 두었는데, 대체 이게 뭔가?

섭자생은 고사하고 왕소택과 약청조차 코빼기도 안 보이고, 고작 수문장 녀석이 안채에 기별을 넣겠다며 그들을 그대로 대문 밖에 내버려 둔 채로 후다닥 사라져 버렸다.

"이것들이 지금 장난하나?"

갈마륵은 살기를 드높이며 두 손을 걷어붙였다.

우선 잔뜩 움츠러든 모습으로 눈치를 보고 있는 문지기들을 때려죽이고, 대문을 박살 내는 것으로 본보기를 보여 줄 참이었다.

그때 흡사 빙판을 미끄러지듯 스르르 곁으로 다가온 또 한 명의 백의죽립인이 그의 소매를 잡았다.

그와 같은 칠십이마수(七十二魔秀)의 하나인 혈목사영(血目邪影) 해자추(解諮諏)였다.

갈마륵은 자신의 소매를 잡은 해자추의 손을 기분 나쁜 눈초리로 지그시 내려다보며 물었다.

"무슨 뜻이냐, 이거?"

해자추가 속삭이듯 나직한 목소리로 대답했다.

"일단은 조용히…… 아직 우리가 들어서지 못한 북평부가 지근거리다. 어차피 같이 갈 녀석들도 아닌데 서두를 필요 없

잖아."

"하긴……!"

갈마륵은 쓰게 입맛을 다실망정 순순히 고개를 끄덕이며 수긍했다.

사실이 그렇기도 했지만, 다른 사람은 몰라도 매사에 좀처럼 나서지 않는 해자추의 말은 그도 무시할 수 없었다.

하지만 기다리라고 했다고 마냥 기다리고 있는 것은 그의 성질과 맞지 않았다.

그는 씩, 웃는 낯으로 대문을 열고 안으로 들어가며 해자추를 돌아보았다.

"조용히 들어가는 건 괜찮지?"

해자추도 그 정도까지 막을 수는 없는지 묵묵히 고개를 끄덕이며 갈마륵의 뒤에 붙었다.

그들의 뒤에 서 흡사 장승들처럼 일체의 미동도 없이 서 있던 오십여 명의 사내들이 그제야 움직여서 그들의 뒤를 따라 대정상련의 영내로 들어섰다.

그때 마침 대문의 안쪽에 자리한 드넓은 마당을 가로질러서 그들을 향해 빠르게 다가오는 사람들이 있었다.

두 명의 호위무사를 거느린 대정상련의 총수 섭자생과 안채로 기별하겠다고 사라졌던 새로운 수문장 노식이었다.

"어서 오시오. 대문 밖에 나가서 기다릴까도 생각했지만, 매사에 조용히 하라는 일전의 당부가 떠올라서 이렇게 안채에서 기다리고 있었소. 아무리 늦은 시간이라도 본인이 대문 밖에서 서성이고 있으면 어떤 식으로든 얘기가 돌 것 같아서 말이오."

섭자생을 보기 무섭게 한껏 미간을 찌푸리며 화를 내려고 하던 갈마륵의 얼굴이 무색하게 변했다.

"그랬군."

섭자생이 그런 그의 애매모호해진 기분을 아는지 모르는지 정중한 공수를 풀며 길을 열었다.

"자, 자, 여기서 이럴 것이 아니라 어서 안으로 들어갑시다. 낮말은 새가 듣고 밤말은 쥐가 듣는다고 하질 않소."

갈마륵은 새삼 어깨를 으쓱하는 것으로 머쓱해진 기분을 달래고는 두말없이 섭자생의 뒤를 따라갔다.

그는 단지 과격한 성격일 뿐이지 오해를 가지고 화를 낼 정도로 속 좁은 인간은 아니었다.

그러나 섭자생을 따라 도착한 대연각의 대청에서 그는 다시금 애매모호해진 기분이 되어 버렸다.

섭자생이 대청으로 들어서기 무섭게 안색을 바꾸며 예기치 못한 질문을 건넸기 때문이다.

"근데, 우리 아이는 안 보이는 거요? 어디 근처에 두고 온 거요? 본인은 인수인계를 위한 모든 준비를 다 끝냈으니, 어서 알려 주시오. 거기가 어디요?"

갈마륵은 대청으로 들어서기 무섭게 다짜고짜 숨도 안 쉬고 속사포처럼 빠르게 질문을 던지는 섭자생을 바라보며 잠시 그대로 가만히 서 있었다.

너무나도 당연하다는 듯이 묻는 섭자생의 태도에 혹시 자신이 정말로 그런 약속을 했던가 하고 그날의 기억을 더듬어 봐야 했기 때문이다.

그러나 잠시였다.

그는 섭자생에게 그런 약속을 한 적이 없었다.

보다 정확히 말하자면 그건 그가 할 수 있는 범위의 일이 아니었다. 생각이 그에 이르자, 애매모호했던 기분이 사라지며 분노가 치솟았다.

"이봐 영감! 지금 뭐 하자는 거지?"

섭자생이 대답 대신 무심하게 돌아서더니, 뒤쪽 구석진 선반에 놓여 있던 한 뭉치의 책자를 들고 와서 그들이 마주한 팔선탁에 올려놓으며 말했다.

"누가 그러더이다. 자식을 위하는 마음에 조급해져서 사리 판단을 제대로 못하는 거 아니냐고. 그러니까, 인수인계가 다 끝나고 나서도 당신들이 아이를 돌려주지 않으면 어떻게 할 거냐고?"

그는 멋쩍게 웃는 낯으로 고개를 끄덕이며 자신이 던진 질문에 스스로 답했다.

"생각해 보니 과연 그 말이 옳더이다. 이미 받을 거 다 받은 당신들이 그때 가서 나 몰라라 시치미를 떼면 나는 어쩌란 말이오? 그래서 고심 끝에 이걸 준비했소."

갈마륵은 가소롭다는 듯이 웃으며 물었다.

"그게 뭔데?"

섭자생이 따라 웃으며 대답했다.

"계약서요. 내가 여기 대정상련의 총단을 비롯해서 중원각지의 지부와 점포를 누군가에게 넘겼다는 것을 증명하는 문서지요."

"뭐라고?"

갈마륵이 주먹으로 탁자를 내려쳤다.

쾅―!

둔탁한 타격음과 함께 단단하기 짝이 없는 향목으로 만들어진 넓은 팔선탁이 수수깡처럼 쪼개져 나가며 무너졌다.

섭자생은 와중에도 주눅 들지 않는 모습으로, 아니, 오히려 독기가 오른 눈빛을 드러내며 하던 말을 쏟아 냈다.

"모든 것을 한 사람에게 넘겼다! 당장 내 아이를, 장청이를 데려오라! 너희들이 장청이를 데려오면 나도 이 모든 것을 넘긴 사람을 데려오겠다!"

"이 영감태기가……!"

갈마륵은 더는 참지 못하고 살기를 드러내며 손을 내밀어서 섭자생의 목을 강하게 움켜잡았다.

"……죽으려고 환장을 했군!"

"컥!"

섭자생은 숨이 막혀서 붉어진 얼굴로 바동거렸다.

갈마륵이 정말로 섭자생을 죽이려고 했는지는 모르겠으나, 그런 일은 벌어지지 않았다.

이번에도 해자추도 재빨리 말을 해서 그를 말렸기 때문이다.

"이번 일이 실패하면 너만이 아니라 나도 가주의 질책을 면할 방법이 없다. 그러기는 싫다."

"쳇!"

갈마륵이 그제야 섭자생의 목을 놓아주었다.

"캑……! 캑!"

섭자생은 숨통이 트이고 나서도 한동안 바닥에 엎드려서 호흡을 고르고 나서야 겨우 평정을 되찾고 일어날 수 있었다.

그런 그를 바라보는 갈마륵의 눈가에 파르르 경련이 일어나고 있었다.

분노가 터지기 일보 직전인데, 극고의 인내로 참고 있는 것이다.

그때 내내 그의 곁에서 느긋하게 팔짱을 끼고 앉아 있던 해자추의 팔을 풀었다. 그리고 죽립을 벗었다.

드러난 그의 얼굴은 실로 섬뜩했다.

백짓장처럼 창백한 얼굴에 두 눈이 핏물을 머금은 것처럼 붉었기 때문인데, 이윽고 흘려낸 목소리 또한 음산하기 짝이 없었다.

"그러고 보니 어째 대정표국의 왕소택과 청비당의 약청이 보이지 않는군."

갈마륵은 그걸 모르고 있었다.

해자추의 말을 듣고 그것을 깨달은 그는 새삼 살기에 젖은 눈빛으로 섭자생을 쏘아보며 사납게 다그쳤다.

"어떻게 된 거냐? 그들은 지금 어디에 있는 거야?"

섭자생은 대수롭지 대꾸했다.

"그들은 죽었소. 내가 죽였소. 내가 주는 녹봉으로 먹고 살면서 남의 지시를 받는 자들은 어찌 용납할 수 있겠소. 귀하들이라면 그렇게 할 수 있겠소?"

해자추는 때 아닌 미소를 입가에 머금고 고개를 끄덕이며 예의 음산한 목소리로 중얼거렸다.

"확실히 변했어. 대세 그사이에 무슨 일이 있었던 거지? 대체 누가 당신을 이렇게까지 변하게 만든 걸까?"

섭자생은 추호도 변함없는 얼굴로 단호하게 대꾸했다.

"다른 누구 때문에 변했다기보다 그저 뒤늦게 깨달았을 뿐이오! 아무것도 가진 것이 없는 내 말은 당신들이 들어줄 이유가 없다는 말이오!"

해자추는 무슨 생각을 하는지 모르게 가만히 섭자생을 바라보다가 이내 고개를 끄덕이며 말했다.

"좋소. 아이를 데려오도록 하지."

그리고 재우쳐 덧붙였다.

"단, 우리가 아이를 데려오면 당신도 그 사람을 불러야 하오. 아무것도 가진 것이 없으면 우리가 당신 말을 들어줄 이유가 없다는 당신의 말은 우리에게도 적용되는 말이니까."

섭자생이 기꺼이 대답했다.

"여부가 있겠소. 아이가 오면 당장에 그 사람을 부를 테니, 염려하지 마시오."

문득 해자추가 야릇하게 웃는 낯으로 섭자생을 바라보며 고개를 갸웃거렸다.

"근데, 도무지 이해할 수가 없네. 그때 우리가 다시 덮치면 어쩌려고 그러지?"

섭자생이 여유가 만만한 모습으로 흡사 가소롭다는 듯이 따라 웃으며 말했다.

"내가 이래 봬도 잡아먹고 잡아먹히는 상계에서 잔뼈가 굵으며 팔십 평생을 살아온 몸이오. 그런 내가 빠져나갈 구멍 하나 만들어 놓지 않고 이런 상황을 연출할 것 같소?"

해자추의 표정이 처음으로 살짝이나마 굳어졌다.

대체 어떤 대책을 마련해 두었는지는 모르겠으나, 너무나도 태연자약한 섭자생의 태도가 못내 찜찜하게 다가왔던 것이다.

그러나 한순간에 사라진 변화였다.

섭자생이 무슨 짓을 하더라도, 누구를 끌어들이더라도 능히 제압할 수 있는 힘과 능력이 그와 그의 동료들에겐 있었다.

그는 즉시 두 사람을 호명했다.

"소수(素手)! 야도(野刀)!"

날렵한 몸을 가진 뱀눈의 사내와 장대한 체구에 원숭이처럼 긴 팔을 가진 사내가 앞으로 나서며 대답했다.

"하명하십시오!"

그는 웃는 낯으로 섭자생의 시선을 마주한 채로 명령했다.

"가서 장청 그 아이를 데려와라!"

"옙, 알겠습니다!"

소수와 야도가 즉시 고개를 숙이며 대답하고는 두말없이 돌아서서 장내를 떠났다.

섭자생의 얼굴에 화색이 돌았다.

죽은 자를 데려오라는 명령을 내리지는 않을 터이다.

아니다, 그럴 리 없다고 생각하면서도 혹시나 하고 두려워했는데 다행히도 그의 아들은 살아 있었던 것이다.

천의무봉天衣無縫 (11)

해자추의 명령을 받고 대연각을 나와서 대정상련을 벗어나는 소수와 야도의 경신술은 강호무림의 일류 고수를 능가할 정도로 뛰어났다.

그런데 그런 그들이 대연각을 나서는 순간부터 쥐도 새도 모르게 뒤를 따르는 그림자 하나가 있었다.

매우 느긋하게 움직이면서도 일체의 기척도, 일정한 거리를 유지한 채 뒤따르며 소수와 야도의 일거수일투족을 면밀하게 지켜보는 그 그림자의 정체는 바로 한 사람이지만 두 개의 자아를 가진 백영이었다.

성격이 급하고 까칠하면서도 호기심이 많은 백가환의 자아인 백영이 말했다.

"어라? 저긴 도심 방향이잖아?"
매사에 무던하고 털털한 일면에 신중하고 세심한 면도 갖춘 백가인의 자아인 백영이 대답했다.
"가까운 곳에 놈들의 조력자가 있었군그래."
"응? 그게 무슨 소리야? 데려오긴 했지만 혹시 몰라서 도심 어디 객잔에 남겨 둔 게 아니고?"
"데려온 거라면 굳이 사람들의 이목이 쏠리는 그런 곳으로 보낼 이유가 없잖아. 그냥 어디 산속이나 외딴 들판에 숨겨 두는 게 낫지. 그러니까 이건 놈들이 데려온 것이 아니라 애초에 거기 있었다고 봐야 하는 게 옳아. 조력자 혹은 놈들이 박아 둔 끄나풀이 있다는 뜻이지."
"아, 그렇군."
백가환의 자아인 백영이 과연 그렇겠다는 표정으로 수긍하고는 이내 인상을 쓰며 투덜거렸다.
"그나저나, 주군은 왜 이런 고생을 사서 하는지 모르겠네. 애를 데려오겠다는데 왜 그냥 기다리지 않고 저놈들을 쫓아가 보라는 건지 너는 아냐?"
백가인의 자아인 백영이 끌끌 혀를 차며 구박했다.
"알지. 모르는 게 바보지."
"그런 쪽으로는 내가 바보긴 하지. 하하……!"
백가환의 자아인 백영이 천연덕스럽게 인정하며 웃고는 재우쳐 물었다.

"나도 좀 알자. 왜 그런 건데?"

백가인의 자아인 백영이 한숨을 내쉬며 설명해 주었다.

"이건 놈들이 예상하지 못한 일인 거야. 그렇기 때문에 섭장청이라는 그 아이가 살아 있다면 분명 그냥 잡혀 있는 것일 가능성이 높아. 별다른 제재나 제약 없이 말이야."

"아, 그러니까, 데려오기 전에 이제라도 무언가 제재나 제약을 가할 수 있다?"

"아주 바보는 아니라 다행이다."

백가환의 자아인 백영이 툴툴거렸다.

"야야, 말이 그렇지 어디 뜻이……!"

"쉿!"

백가인의 자아인 백영이 재빨리 조용히 하라는 시늉을 하며 속삭였다.

"저긴가 보다."

대로변을 끼고 자리한 저잣거리였다.

늦은 시간임에도 오가는 사람이 적잖게 있는 것으로 봐서 소오현의 중심가로 보이는데, 소수와 야도가 초입으로 들어서자마자 주변을 경계하는 태도를 보이더니 거기 자리한 객잔으로 들어갔다.

천보각(千寶閣)이라는 현판을 내걸었는데, 작은 마당도 없이 전각의 입구가 바로 대문인 형태인 삼 층짜리 객잔이었다.

백가환의 자아인 백영이 눈살을 찌푸렸다.

“따라 들어가면 바로 들킬 것 같은데?”

백가인의 자아인 백영이 대답 대신 천보각의 규보를 살펴보며 물었다.

“크진 않지만 후원이 있을 만한 규모지?”

백가환의 자아인 백영이 말했다.

“없어도 있어야 한다. 저기 저 안에서 싸움이 벌어지면 동네방네 소문이 다 날 테니까.”

의견의 일치를 보는 순간, 백영의 신형은 벌써 지상을 박차고 허공으로 떠올라 객잔, 천보각의 지붕에 올라서고 있었다.

순간, 백영의 안색이 밝아졌다.

예상대로 혹은 바람대로 천보각은 후원이 있었고, 거기 단층짜리 아담한 별채 하나가 자리하고 있었다.

백영은 지붕에서 그대로 미끄러지듯 허공을 사선으로 가로질러서 별채의 지붕으로 이동했다.

바람을 타고 하강하는 제비처럼 빠른 속도임에도 일체의 기척도 없이 깃털처럼 사뿐히 내려앉고 있었다.

그런데 다음 순간, 본능처럼 엎드려서 지붕과 하나가 되어버린 백영의 안색이 볼썽사납게 일그러졌다.

우연찮게 바로 그 순간에 별채의 내부에서 들려온 누군가의 말 때문이었다.

“환귀(幻鬼), 어서 나갈 채비를 해라! 일이 묘하게 꼬여서 지금 당장 우리랑 같이 대정상련으로 가 봐야 한다!”

백가인의 자아는 침음을 흘렸고, 백가환의 자아는 오만상을 찡그렸다. 느끼는 감정은 달랐으나, 그들은 공히 사태의 진위를 깨달은 것이다.

소수와 야도는 섭자생의 금지옥엽인 섭장청을 데려오라는 명령을 받고 이곳으로 온 것이었다.

그런데 섭장청이 아니라 난데없이 환귀라는 자를 데려가려 하고 있었다.

답은 하나였다.

섭장청은 데려갈 수 있는 상황이 아니라는, 즉 죽었다는 뜻이었다.

백가환의 자아인 백영이 말했다.

"어떻게 하지? 그냥 돌아가야 하나?"

백가인의 자아인 백영이 대답했다.

"아니, 확인부터 해야지!"

백영은 눈을 빛내며 고개를 끄덕였다.

백가인의 자와와 백가환의 자아가 의견의 일치를 본 것이다.

때를 같이해서 전신의 내공을 끌어 올린 그는 즉시 일체의 소리 없이, 그야말로 물이 스며들 듯이 기와지붕 속으로 잠겨 들었다.

과거 음양쌍벽의 오대비기 중 하나인 신기, 작은 틈만 있으면 얼마든지 연기처럼 빠져나갈 수 있는 신법인 음양귀적(陰陽

鬼跡)이었다.

지금의 백영은 이미 석전의 음양쌍벽과 같은 경지에 올라서 있는 것이다.

대략 예닐곱 평 남짓한 방이었다.

침상에 엉덩이를 걸치고 앉아 있는 사내가 하나 있었고, 소수와 야도가 그 앞에 서 있었다.

물처럼 기와지붕 속으로 스며들어서 연기처럼 천장을 빠져나가던 백영의 시야에 들어온 방 안의 전경이었다.

예상대로 섭자생의 아들인 섭장청의 모습은 방 안 어디에도 보이지 않았다.

그때.

"헉!"

침상에 앉아 있던 사내, 환귀가 검게 뭉클거리는 연기의 형태로 천장을 빠져나오는 백영을 보고 기겁했다.

소수와 야도는 등지고 있지만 그는 정면으로 백영을 보고 있는 것이다.

환귀의 반응을 보고 덩달아 반응한 것인지 아니면 때를 같이해서 그들의 존재를 느낀 것인지는 모르겠으나, 야도가 그와 동시에 반응했다.

반사적으로 돌아서며 어느새 뽑아 든 칼을 휘두르고 있었다.

그러나 백영은 이미 대비한 상태였다.

직선으로 뻗어 나간 서슬의 끝이 초승달처럼 휘어진 형태인 그의 칼이, 일명 일월도(日月刀)가 쇄도하는 야도의 칼을 벌써 마주하고 있었다.

챙-!

금속성이 터지고, 불똥이 튀었다.

야도의 칼이 거칠게 튕겨 나갔다.

칼을 놓치지 않으려는 야도가 비틀거리며 뒤로 물러났다.

백영의 일월도가 그에 아랑곳하지 않고 무서운 속도로 반전해서 섬광으로 만들어진 사선을 그렸다.

야도의 뒤를 따라서 돌아서며 쌍장을 내밀던 소수가 여지없이 그 사선에 걸렸다.

"크으……!"

소수의 입이 벌어지고 신음과 함께 피를 흘려냈다.

그 뒤로 그의 오른쪽 어깨에서부터 왼쪽 옆구리 아래까지 잇는 붉은 선이 생겨났고, 이내 갈려져서 피와 내장을 쏟아 내며 두 개의 몸뚱이로 쓰러졌다.

"죽어!"

간신히 중심을 잡은 야도가 그 광경에 격분해서 고함을 내지르며 달려들었다.

백영은 그런 야도를 상대하지 않고 기민하게 측면으로 돌아가며 손을 내밀었다.

뒤늦게 정신을 차리며 한몫 보태려고 쇠꼬챙이 같은 무기를 꺼내 들던 환귀의 마혈과 아혈이 그 손에 여지없이 점해져 버렸다.

"익!"

야도가 이를 악물고 칼끝을 돌려서 백영의 뒷등을 노렸다.

장대한 체구에 원숭이처럼 긴 팔을 가진 그는 실로 힘이 장사였다.

칼을 크게 휘둘러 적을 베지 못한 결과로 상체가 숙여지는 바람에 중심을 잃어버린 그가 그처럼 기민하게 반응할 수 있는 것은 초식의 변화와 무관하게 타고난 신력이 없으면 절대 불가능한 일이었다.

그리고 그 신력의 정체가 그의 두 눈빛에서 드러났다.

야도의 두 눈은 마치 먹물처럼 검게 변해 있었다.

무언가 마공의 발현으로 타고난 신력이 극대화된 것이 분명했다.

눈빛만이 아니라 휘두르고 있는 수중의 칼마저 검은 기운이 서려서 그와 같은 사실을 대변하고 있었다.

그러나 설무백과 동행하는 와중에 숱한 마기를 접해 본 백영은 조금도 당황하지 않았다.

이제 마기는 그에게 그저 혐오스러울 뿐, 두려움의 대상이 아니기 때문이다.

곧바로 이어진 그의 대응은 그래서 더욱 단호했다.

쐐액-!

사전에 이미 야도의 반격을 노린 것처럼 순간적으로 돌아선 그가 가차 없이 수중의 일월검을 휘둘렀다.

더 없이 빠르고 예리한 칼질, 음양쌍벽의 오대비기 중 하나인 도법인 음양천수검(陰陽天守劍)의 일초식이었다.

거칠고도 신속하게 공기를 가르는 그의 일엽도의 서슬은 야도의 칼질보다 정확히 반 박자 빠르게 야도의 옆구리에서 오른쪽 어깨까지 잇는 백색의 선을 그려 놓았다.

"헉!"

야도가 신음 섞인 헛바람을 삼키며 휘두르던 칼을 놓쳤다.

그런 그의 어깨와 옆구리 사이를 잇는 백색의 선이 붉은 선으로 변해서 피를 뿜어냈다.

백영은 검게 변한 두 눈을 까뒤집으며 고꾸라지는 야도를 피해서 슬쩍 한걸음 뒤로 물러났다.

풀썩-!

야도가 피 바닥에 엎어졌다.

백영은 아무렇지도 않게 엎어진 야도의 등을 밟고 앞으로 나서서 침상에 앉은 채로 굳어져 있는 환귀의 면전에 서서 말했다.

"이름?"

"아혈을 제압했잖아."

"아, 그런가?"

백영을 쳐다보는 환귀의 두 눈이 앞서 졸지에 제압을 당했을 때보다도 더 크게 부릅떠졌다.

당연했다.

백가인의 자아와 백가환의 자아가 나누는 대화가 그의 눈에는 혼자 말하고 혼자 대답하는 미친놈처럼 보이는 것이 당연했다.

그러거나 말거나 그들의 대화가 다시 이어졌다.

"근데, 자결하면 어떻게 하지?"

"아까 요미가 하는 못 봤어? 잠깐이면 되니까 칼을 물려."

"아참, 그 수가 있었지."

남들이 보기엔 혼잣말인 대화를 끝낸 백영은 수중의 일월도를 내밀어서 환귀의 입에 넣고는 아혈을 풀어 주었다.

아혈이 풀린 환귀가 다급하게 부르짖었다.

"가겨 아 하니다! 저에로! 흐어 우흐오!"

칼날을 물고 있어서 제대로 말할 수가 없어서 기괴하게 들리는 목소리였으나, 백영은 예리하게 알아들었다.

'자결 안 합니다. 절대로. 풀어 주세요.'

이 말이었다.

백영은 눈살을 찌푸리며 쏘아붙였다.

"우리가 그걸 어떻게 믿어?"

분명 혼자인데 '우리'라고 하는 백영의 말이 새삼 환귀의 정신을 오싹하게 만든 것 같았다.

환귀가 부르르 몸서리를 치며 애걸복걸했다.

"거마 니이다! 거 아그어어!"

'정말입니다, 저 안 죽어요.'였다.

"풀어 줄까?"

"그러다 죽으면?"

"어차피 엿 된 것 같은데, 이놈 하나 더 죽었다고 뭐가 달라지겠냐?"

"하긴, 이놈은 마공을 익힌 것 같지도 않으니……!"

다른 사람이 보면 혼잣말인 논의 끝에 마음을 정한 백영이 환귀의 입에 물렸던 칼을 거두었다.

"휴……!"

환귀가 참았던 숨을 몰아쉬더니, 이내 속사포처럼 말했다.

"정말 저 안 죽습니다. 어쩌다 보니 저들을 돕고 있긴 했지만, 전 저들에게 충성이니 의리니 따위 전혀 없는 사람입니다. 믿어도 됩니다!"

백영은 쓰게 입맛을 다셨다.

"그런 놈이면 아는 것도 별로 없겠네."

"그래도 하나는 알고 있겠지."

그는 재우쳐 환귀를 노려보며 물었다.

"대정상련의 총수 섭자생의 아들인 섭장청, 정말로 죽은 거냐?"

환귀가 혹시나 자신에게까지 화가 미칠지 두려운 듯 눈치를 보며 조심스럽게 고개를 끄덕였다.

"그렇다고 들었습니다."

"왜? 아니, 누가?"

"진천사도 갈마륵이 죽인 것으로 압니다. 듣자 하니, 귀찮게 뭘 데리고 있냐며 그냥 죽였다고 하더군요."

백영은 이제야말로 난감한 기분에 빠진 사람처럼 길게 한숨을 내쉬며 탄식했다.

"어쩌지?"

"어쩌긴……!"

혼잣말로 자문하고 스스로 대답에 나선 백영이 쓰게 입맛을 다시고는 환귀의 뒷덜미를 잡아챘다.

"생각 같아서는 놈들이 생각했던 것처럼 이놈을 섭장청으로 변신시키고 데려가서 놈들에게 엿을 왕창 먹이고 싶지만……!"

그럴 수는 없었다.

그랬다가는 나중에 진실이 밝혀지고 나서 섭자생이 입을 마음의 상처가 너무 클 것이었다.

"그냥 가자."

백가인의 말에 백가환도 동의했다.

"그래, 별수 없네."

소수와 야도가 자리를 떠난 다음부터 대연각의 대청은 무거운 침묵의 시간만 흐르고 있었다.

섭자생이 아들인 섭장청이 오기 전까지는 일체의 대화를 거부하겠다고 선언한 까닭이었다.

사실을 말하자면 섭자생은 대화를 할 수 있는 상황이 아니었다.

아들이 죽지 않고 살아 있다는 환희의 순간은 그리 길지 않았다. 뒤를 이어 연속으로 떠오른 의혹으로 인해 그럴 수밖에 없었다.

살아 있는데 왜 데리고 오지 않았을까?

그는 얼마든지 자신들의 힘으로 통제가 가능한 사람인데 대체 무엇이 두려워서 그랬을까?

정말이지 상상도 하기 싫지만, 설마, 혹시나, 만에 하나 그렇기 때문에, 바로 그를 얼마든지 통제할 수 있는 사람이라고 생각했기 때문에 이미 처리해 버린 것은 아닐까?

불길한 생각은 마치 깊이를 모르는 늪과 같아서 일단 발을 들여놓으면 절대 빠져날 수가 없다는 말이 있다.

지금 섭자생이 그랬다.

분명 희망적인 상황이었는데, 어느새 불안이 불안을 부르는 초조함에 빠져서 정신을 차릴 수가 없었다.

와중에도 희망을 버리지 않으려고 사력을 다하는 것은 순전히 자식을 생각하는 아버지의 억척이자, 오기였을 터였다.

그러나 그 어떤 억척이나 오기로도 안 되는 것은 안 되는 것이었다.

모질게도 한줄기 바람과 함께 그런 그의 억척과 오기가 한순간에 모래성처럼 와르르 무너져 내리는 순간이 다가왔다.

소수와 야도가 떠난 지 대략 한 시진 남짓 되었을 때였다.

휘릭-!

난데없이 바람 소리가 들려왔다.

밖이라면 모를까 엄연히 실내인 대청에서 바람 소리가 들린다는 것은 전혀 이치에도 맞지 않고 상식적이지도 않은 일이라 장내의 모든 사람들이 부지불식간에 그곳으로 시선을 돌렸다.

과연 이치에도 안 맞고 상식적이지도 않는 일이 장내에 있던 모든 사람들의 눈에 들어왔다.

대청의 상단에 자리한 태사의였다.

애초에 누구도 앉아 있지 않던 그곳에 칠흑처럼 까만 흑의장포와 눈보다 하얀 은발이 대조를 이루는 사내 하나가 가볍게 팔짱을 낀 채로 앉아 있었다.

"아, 아니 왜 지금……?"

다른 누구보다도 크게 당황한 섭자생이 말을 더듬다가 이내 울 것 같은 목소리로 다급하게 부르짖었다.

"아직이오! 아직 장청이, 내 아들이 오지 않았단 말이오!"

태사의에 앉은 모습으로 나타난 설무백은 다급한 섭자생의 부르짖음에도 불구하고 아무런 반응을 보이지 않았다.

대신에 갈마륵과 해자추가 반응했다.

귀신같은 설무백의 등장으로 말미암아 절로 긴장하던 갈마륵과 해자추가 의미심장한 눈빛을 교환하고 있었다.

섭사생의 부르짖음에 담긴 의미를 통해서 지금 나타난 설무백이 대정상련의 모든 것을 인수받은 사람이라고 판단한 것이다.

"이제 웬 떡이야?"

갈마륵이 히죽 웃는 낯으로 설무백을 쳐다봤다.

"그러니까, 네가 저 영감태기의 재산을 보관하고 있는 그놈이라 이거지?"

섭자생의 얼굴이 그야말로 울상으로 변했다.

진실 여부를 떠나서 설무백이 모습을 드러냈다는 것 자체가 그에겐 나락인 것이다.

그러나 설무백은 그런 섭자생의 반응을 외면하며 갈마륵 등을 향해 대수롭지 않게 어깨를 으쓱여 보였다.

인정이었다.

그런 그의 태도에 섭자생은 절망했고, 해인은 묘하다는 투로 고개를 갸웃했지만, 갈마륵은 새삼 히죽 웃는 것으로 반색했다.

설무백의 태도에 의심을 품은 해인과 달리 갈마륵은 전적으로 믿어 버린 것이다.

그래서였다.

갈마륵은 슬쩍 해자추를 바라보며 안 해도 될 말을 했다.

"이럴 줄 알았으면 괜히 애들을 보냈지?"

해자추의 안색이 살짝 변하는 참인데, 설무백이 삐딱하게 갈마륵을 바라보며 끼어들었다.

"그게 무슨 소리지? 어차피 내게 인수인계를 받으려면 섭총수의 아들인 섭장청을 데리고 와야 하는 건데 말이야. 나는 기다리기 지루해서 먼저 왔을 뿐이다. 아이가 도착하지 않으면 인수인계는 없는 거다."

갈마륵이 키득거리며 대꾸했다.

"없는 애를 어떻게 데려오나?"

설무백은 짐짓 미간을 찌푸리며 말을 하려는데, 그보다 빨리 섭자생이 끼어들며 물었다.

"그게 무슨 소리지? 없는 애라니?"

갈마륵은 거듭 키득거리며 섭자생을 향해 놀리듯이 말했다.

"아직도 모르겠나? 영감 생각보다 머리가 둔하네? 영감 애는 이미 이 세상에 없다고. 내가 애들을 보낸 건 순전히 영감이 대정상련의 모든 것을 넘겼다는 저 녀석을 불러내기 위한 술수였다고. 이제 알겠어?"

섭자생이 새파랗게 질린 모습으로 힘없이 풀썩 주저앉았다.

갈마륵이 그러거나 말거나 의기양양한 모습으로 손바닥을 비비며 설무백을 향해 돌아서서 말했다.

"어서 그만 거기서 내려오지? 설마 아직도 상황 파악이 안 되는 거냐?"

설무백은 내려가기는커녕 팔짱을 풀지도 않고 실로 가소롭다는 미소를 지으며 대꾸했다.

"너야말로 상황 파악이 전혀 안 되는 모양이구나."

설무백의 말이 끝나기 무섭게 대청의 문이 열리며 두 사람이 안으로 들어섰다.

순간, 갈마륵과 해자추의 얼굴이 심각하게 굳어졌다.

안으로 들어서는 두 사람 중 하나가, 정확히는 누군가의 손에 뒷덜미가 잡혀서 끌려 들어오는 사내가 바로 환귀임을 알아보았기 때문이다.

"네, 네가 왜……?"

갈마륵은 예상치 못한 환귀의 등장에 머리가 하얗게 비어 버린 듯 말조차 제대로 끝맺지 못하고 있었다.

반면에 해자추는 나름 사태를 파악하고 있었다.

"그렇군. 우리가 함정에 빠진 거였어."

설무백은 픽 하고 웃었다.

"자신을 너무 과대평가하는 경향이 있군. 착각하지 마. 함정까지 동원해야 할 정도는 아니야, 너희들."

해자추의 안색이 볼썽사납게 일그러졌다.

설무백은 그에 아랑곳하지 않고 실의에 빠져서 주저앉은 섭자생을 일별하며 말을 덧붙였다.

"난 그저 저 노인네가 너희들 입으로 말해 줘야 아들의 죽음을 확실히 인지할 것 같아서 말이야."

"감히, 날 속여……!"

갈마륵은 순간적으로 손을 내밀어서 섭자생을 가리켰다.

고도로 압축된 기세가 그의 손가락에서 쏟아졌다.

막강한 지력이었다.

사태를 파악하고 절망감에 휩싸인 섭자생은 그에 아랑곳없이 넋을 놓고 앉아 있었다.

그 순간, 땅에서 솟은 것처럼 순간적으로 나타난 배불뚝이 땅딸보 사내, 공야무륵이 그 앞을 막아섰다.

깡-!

거친 금속성이 터지며 불꽃이 튀었다.

갈마륵이 쏘아 낸 지공이 공야무륵의 도끼에 막힌 것이다.

그때였다.

"으악!"

"크아아악!"

단말마의 비명이 꼬리를 물고 이어졌다.

갈마륵과 해자추가 대동한 오행마가의 마졸들이 대기하고 있던 대청의 밖에서 돌발적인 싸움이 벌어진 것이다.

누가 먼저랄 것도 없이 동시에 갈마륵과 해자추의 시선이 설무백에게 돌려졌다.

설무백은 여전히 팔짱을 낀 채로 대수롭지 않게 어깨를 으쓱이며 말했다.

"사필귀정(事必歸正), 인과응보(因果應報)라는 말 알지? 그런 거야. 세상엔 공짜가 없어. 그런데 너희들은 사람의 목숨을 가지고 장난을 쳤어. 살려 줄 생각도 없으면서 살려 준다고 약속을 하고는 죽여 버렸지. 그러니까, 응당 이자까지 쳐서 대가를 지불하는 거야. 오늘 이 자리에서, 목숨으로!"

해자추가 살기에 젖은 눈빛으로 쏘아보며 물었다.

"그럴 능력은 있고 하는 소린가?"

설무백은 어디까지나 태연하게 대꾸했다.

"그동안 세상 참 편하게 살았나 보군. 그런 건 내가 증명하는 것이 아니라 너희들이 밝혀내는 거다. 물론 그럴 만한 능력이 있을지는 모르겠지만 말이다."

"건방진……!"

갈마륵은 결국 더는 참지 못하고 폭발했다.

대번에 칼을 뽑아 든 그는 추호도 망설이지 않고, 틈을 찾거나 하는 일말의 머뭇거림도 없이 달려들었다.

그러나 그의 칼을 설무백에게 닿지 않았다.

한줄기 바람이 불어와서 설무백의 앞을 가로막으며 그가 뻗어 난 칼을 막았다.

챙-!

날카로운 금속성과 함께 갈마륵의 칼이 멈추었다.

그 칼을 멈추게 한 것은 끝이 크게 휘어진 한 자루 일월도였다.

바람처럼 자리를 이동해서 갈마륵의 공격을 막은 것은 바로 백영이었던 것이다.

백영의 뒤에서 설무백이 웃으며 어깨를 으쓱했다.

"그럴 만한 능력이 없는 것 같은데?"

갈마륵은 격분한 듯 눈에 불을 키며 이를 악물고 일엽도와 마주친 자신의 칼을 강하게 밀어붙였다.

하지만 일엽도는, 바로 백영은 밀려 나가지 않았다.

그들의 기력이 하나처럼 뒤엉킨 칼과 칼을 통해서 가일층 팽팽해지는 그 순간, 설무백은 새삼 빙그레 웃으며 갈마륵을 향해 말했다.

"그 상태에서 내가 한 대 치면 어쩌려고 그러지?"

갈마륵은 기겁하며 백영에게서 떨어져서 뒤로 멀찍이 물러났다.

백영과 팽팽하게 힘의 대결을 벌이고 있는 그를 설무백이 공격한다면 꼼짝없이 당할 수밖에 없는 것이다.

백영이 그런 그를 향해 성큼성큼 걸어가며 말했다.

"뭐야, 저거? 우린 주군이 남의 싸움에 끼어드는 쓰레기로 보이나 본데 그래?"

"아무리 남의 생각이라도 그렇지, 주군을 두고 쓰레기가 뭐냐?"

"아니, 내 생각이 아니라 저 자식 생각이 그렇다는 거지!"

"그러니까 아무리 남의 생각이라도 그렇게 말하는 게 아니라고!"

멀찍이 물러난 갈마륵이 다가오는 백영을 혼란스럽게 흔들리는 눈빛으로 바라보았다.

혼자 말하고 혼자 대답하는 백영의 태도를 보고 이게 뭔가 싶은 것이다.

백영이 그에 아랑곳하지 않고 한순간 수중의 일엽도를 쳐들며 말했다.

"칼은 내가!"

"기공은 내가!"

갈마륵이 질끈 어금니를 깨물며 수중의 칼을 쳐들었다.

"감히 나를 놀려……?"

갈마륵의 말이 끝나기도 전에 백영이 손을 내밀었다.

활짝 펼쳐진 백영의 손바닥, 장심에서 순간 서늘한 기운이 일어났다. 아니, 그런 기분이 들었다.

그나마 갈마륵이기에 느낄 수 있는 기분이었다.

바로 음정신공에 기반해서 아무런 기척도 없이 쏘아진 백골투심장이었다.

"헉!"

갈마륵은 반사적으로 자리를 이동했다.

본능적으로 마주치면 안 된다는 기분이 들었던 것인데, 그게 옳았다.

콰직—!

방금 전에 그가 서 있던 자리가 하얀 서릿발에 휩싸이며 움푹 파였다.

그걸 확인한 갈마륵의 안색이 싸늘하게 굳어졌다.

백영이 시전한 장력이 음경(陰勁) 혹은 침투경(浸透勁)이라 불리는 고도의 무형장(無形掌)임을 파악한 것이다.

그러나 그에게는 그걸 생각하고 따질 여유가 주어지지 않았다.

무형장을 쏟아 낸 백영이 어느새 지근거리로 달라붙으며 칼을 휘두르고 있었다.

갈마륵은 전신의 내력을 끌어 올리며 수중의 칼을 쳐들어서 백영의 칼을 막아 냈다.

까강—!

요란한 금속성에 이어 맞물린 두 개의 칼날이 어긋나며 절로 소름이 끼치고 이가 갈리는 소음이 일어났다.

우열을 가리기 어려운 팽팽한 접전, 그들의 대결을 지켜보던 해자추가 그 순간에 신형을 날려서 설무백을 노렸다.

하지만 그 역시 설무백의 면전에 이르지 못했다.

공야무륵이 어느새 그의 앞을 가로막으며 도끼를 휘두르고 있었다.

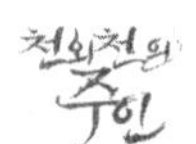

깡—!

해자추의 검과 공야무륵의 도끼가 충돌하며 엄청난 금속성이 터졌다.

바닥이 울리고 벽이 진동하고 있었다.

공야무륵이 그에 상관없이 해자추를 향해 누런 이를 드러내며 웃었다.

해자추의 붉은 눈이 더욱 시뻘겋게 물들어 갔다.

공야무륵이 감히 경시할 수 없는 고수라는 것을 깨닫고 전신의 공력을 끌어 올린 것이다.

순간, 그가 변화했다.

결코 작지 않은 그의 신형이 앞으로 내민 검극에 가려졌다.

사람은 사라지고 검만 남았다.

비스듬히 앞으로 내밀어진 한 자루 검극 뒤로 해자추의 건장한 몸이 완전히 가려져 버린 것이다.

병기와 시전자가 합일(合一)되는 검신일체(劍身一體), 신검합일(身劍合一)의 경지였다.

그리고 그 검극의 주변에서 아지랑이처럼 이글거리는 검은 기운의 정체는 아마도 마기일 것이다.

그러나!

"가는 검 뒤에도 자신의 몸을 숨길 수 있는 경지가 있다더니, 그건가?"

그게 다였다.

공야무륵은 자신을 겨눈 채로 검게 이글거리는 검극을 바라보며 대수롭지 않게 중얼거리고는 그저 한 자루 도끼를 더 꺼내 들었을 뿐이었다.

그러자 그도 변했다.

두 자루 도끼, 손잡이가 짧고 양쪽에 달린 날이 반월형으로 크게 휘어져서 얼핏 보면 륜(輪)처럼 보이는 양인부와 비교적 손잡이가 길며 한쪽에는 정처럼 생긴 쇠꼬챙이가, 다른 한쪽에는 밋밋한 부채처럼 펼쳐진 날을 가진 낭아부가 그의 손에 들리자 배불뚝이 땅딸보인 그가 태산처럼 거대해 보였다.

"……!"

해자추도 그걸 느낀 것 같았다.

검게 이글거리는 검극이 미미하게 흔들렸다. 그리고 새로운 변화가 일어났다.

해자추가, 바로 해자추의 신형을 감춘 검극이 아무런 예비동작도 없이 수십 번이나 전후좌우, 사방팔방으로 자리를 바꾸었다.

가히 눈부신 속도, 그의 별호인 혈목사영의 사영은 바로 그의 뛰어난 경신술을 의미하는 것임이 드러나는 순간이었다.

그러나 경신술이라면 공야무륵도 남부럽지 않았다.

정확히 말하면 작금의 강호무림에서 그보다 뛰어난 경신술의 고수는 손가락에 꼽힐 정도였다.

예전의 그였다면 몰라도 지금의 그는 그랬다.

전설의 무공인 다라십삼경 중 다라제칠경 무량속보의 주인이 바로 그이기 때문인데, 그래서 수십 차례나 거듭해서 자리를 옮기다가 한순간 방향을 틀어서 공격해 들어오는 해자추의 검극이 다른 사람에게는 가히 눈부신 속도라 파악하기 어려울지 몰라도 그에게는 전혀 그렇지가 않았다.

빠르긴 해도 눈에 보이지 않을 정도는 아니었다.

사람은 보이지 않고 검극만이 사방에 가득했으나, 적어도 그는 그 속에서 진짜와 가짜는, 허초와 실초는 정확하게 파악할 수 있었다.

게다가 쇄도하는 검극을 간파하며 순간적으로 같은 속도를 내서 물러나자 다가드는 검이 그림처럼 더욱 선명하게 보였다.

제아무리 빠르게 움직이는 사람도 같은 속도로 움직이는 사람의 눈에는 평이하게 보이는 것과 같은 이치였다.

공야무륵은 실로 태연하게, 그야말로 밥상에 파리를 쫓듯 가벼운 동작으로 수중의 도끼를 휘둘러서 한순간에 열 두 번이나 이어진 해자추의 공격을 막아 냈다.

깡! 까강-!

거친 금속성이 꼬리를 물고 이어지면서 요란한 불똥이 튀었다.

조각난 강기가 사방으로 비산하는 가운데, 검극 뒤로 모습을 드러낸 해자추가 다급히 물러났다.

사실은 마지막 격돌의 여파를 감당하지 못하고 튕겨지는 것이었다.
공야무륵이 그런 그의 신형을 따라붙었다.
아무런 사전 동작도 없이 시위를 떠난 화살처럼 쏘아지는 그의 속도는 가히 폭발적이었다.
전설의 다라제칠경 무량속보의 가공할 신위였다.
"……!"
해자추는 순간적으로 크게 확대되는 것처럼 대번에 지근거리로 다가선 공야무륵의 속도에 놀라서 감히 물러날 생각도 못 하고 옆으로 굴렀다.
꽝―!
굉음이 터졌다.
공야무륵의 도끼가 방금 전 해자추가 서 있던 자리를 찍는 소리였다.
해자추는 본능을 앞선 감각에 따라 그것을 느끼고는 사력을 다해서 다시금 옆으로 굴러갔다.
마교의 핵심 세력으로 꼽히는 마도오문 중 하나인 오행마가에서도 핵심으로 꼽히는 칠십이마수의 하나인 그가 겁먹은 노루처럼 달아나며 굼벵이처럼 바닥을 구르고 있다고 놀려도 하는 수 없었다.
생존은 그 무엇보다도 우선했다.
과연 그의 판단이 옳았다.
공야무륵이 내려찍는 도끼가 간발의 차이를 두고 그가 굴러간 바닥을 찍으며 쫓아왔다.

쾅! 쾅! 쾅—!

대리석 바닥이 연이어 산산이 깨져 나갔고, 대청이 지진을 만난 것처럼 크게 진동하고 있었다.

그 와중에 굴러가던 해자추를 벽이 막았다.

해자추는 실로 생명의 위협 속에 오싹해진 가슴을 느끼며 사력을 다해서 두 발과 두 손으로 벽을 차고 밀어서 신형을 반전했다.

다행히 그게 통했다.

콰직—!

뒤따라온 공야무륵의 도끼가 벽을 파고드는 가운데, 해자추는 앞서 굴러왔던 바닥을 거슬렀다.

"익!"

해자추는 멈추지 않고 한순간 메뚜기처럼 튀어서 멀찍이 물러나는 것으로 공야무륵의 공격을 벗어날 수 있었다.

그런데 알고 보니 벗어난 것이 아니라 놓아준 것이었다.

양손에 든 도끼를 턱하니 양쪽 어깨에 각기 하나씩 걸치고 그를 바라보며 씩 웃는 공야무륵의 태도가 그것을 대변하고 있었다.

해자추는 그 모습을 보자 오직 한 가지 생각밖에 나지 않았다.

'어떻게든 이 자리를 벗어나야 한다!'

도망쳐야 한다는 것이다.

도망치는 것이 아니라 벗어나야 한다고 생각하는 것은 그야말로 마지막 남은 그의 자존심일 뿐이었다.

지금 상대하고 있는 공야무륵의 무위도 감당하기 버겁지만, 그보다 더 버거운 것이 아니, 두려운 것이 있었다.

바로 밖의 상황이었다.

안에서 이 난리가 났는데도 밖에 있는 수하들이 감감무소식이라는 것은 그들이 이미 상관의 안위조차 신경 쓸 수 없는 상태라는 뜻이었다.

처음에는 꼬리를 물고 들려오다가 어느 순간부터 간헐적으로 들려오는 비명이 바로 그것을 대변했다.

그러나 무엇보다도 지금의 그를 두렵게 하는 것은 바로 여전히 팔짱을 낀 채 태사의에 앉아서 장내의 상황을 관망하고 있는 백발귀신, 그는 아직 누군지 모르지만 바로 설무백의 존재였다.

솔직히 말해서 그가 보는 설무백은 전혀 강해 보이지 않았다.

하지만 그래서 어쩌면 지금 이 자리에 있는 그 누구보다도 그가 강할지도 모른다는 생각이 들었다.

단지 공야무륵 등의 상관이라서가 아니었다.

지금 설무백의 태도와 눈빛은 그런 전제가 없다면 도저히 설명되지 않았다.

아무리 봐도 무심할 정도로 태연히 모습과 차라리 부드럽기까지 한 눈빛에서 드러나는 것은 자신이 나가면 손쉽게 해치울 수 있으나, 그냥 구경이나 하겠다는 식의 자신인 것이다.

'마치 수하들을 수련시키기 위해서…… 아니, 우리의 능력이 어느 정도인지 관찰하는 건가?'

이유야 어쨌든, 해자추의 마음은 이미 굳어졌고, 그 마음은 젊은 애송이를 상대로 서서히 우위를 점하고 있는 갈마륵의 모습이 눈에 들어왔음에도 전혀 변하지 않아서 곧바로 실행에 옮겼다.

"끼얏!"

괴성과도 같은 기합을 내지른 해자추는 그대로 도약해서 천장을 뚫고 밤하늘로 솟구쳤다.

온몸을 꼿꼿이 편 상태에서 하늘을 향해 쏘아진 화살처럼 수직으로 솟구치는 신법, 어기충천(御氣衝天)였다.

해자추 일생일대의 처음 시도하는 도주였다.

다음 권으로 이어집니다

南宮魔帝 남궁마제

문운도 신무협 장편소설

회귀한 뇌왕, 가족을 지키기 위해
정파의 중심에서 제대로 흑화하다!

세상을 뒤집으려는 귀천성에 맞서 싸우다
가족을 모두 잃고 제물로 바쳐진 뇌왕 남궁진화
마지막 순간 원수의 뒤통수를 치고 죽으려 했으나
제물을 바치는 진법이 뒤틀리며 과거로 회귀하다!?

남궁세가의 양자가 된 어린 시절로 돌아온 후
귀천성이 노리는 자신의 체질을 연구하다 기연을 얻고
회귀 전과 다른 엄청난 미모와 함께
뇌전의 비밀마저 알아내 경지를 뛰어넘는데……

가족들에게는 꽃처럼 사랑스러운 막내지만
적이라면 일단 패고 보는 패악질의 끝판왕!
귀천성 때려잡기에 나서다!